Le Héraut de Lorraine

Il a été tiré de cet ouvrage 10 exemplaires sur papier japon, numérotés.

40 exemplaires sur papier vergé, numérotés.

Le Héraut de Lorraine

PAR

F. PERRIN de DOMMARTIN.

NANCY

A. CRÉPIN-LEBLOND, IMPRIMEUR-ÉDITEUR

21, Rue Saint-Dizier (Passage du Casino)

MCMII

L E Héraut de Lorraine de Perrin de Dommartin est bien connu des érudits lorrains (1), grâce aux bienveillantes communications de Madame Berlet, petite nièce de l'auteur. Il nous a paru utile de publier un document de premier ordre, sur l'état des connaissances nobiliaires de la Lorraine au milieu du xviie siècle. L'auteur avait l'intention de publier lui-même son œuvre, comme le prouvent, à la page 36 du manuscrit, les mots suivants : Extrait du privilège du roi.

Le manuscrit de format in-8o ancien, relié en parchemin, a 17 centimètres et demi de hauteur, sur onze de largeur. Il contient 312 feuillets chiffrés. Il est tout entier de la main de Perrin de Dommartin.

Il est en général d'une lecture facile, sauf dans les notes complémentaires de l'auteur qui, faute de place, s'est servi d'une très fine et difficile écriture.

En marge se trouvent plusieurs notes d'une autre écriture, celle d'un possesseur du manuscrit de la fin du xviie siècle, qui renvoit au livre du président Alix de

(1) Notamment M. L. Germain et M. de Bizemont. *Bibliographie nobiliaire de la Lorraine*, n° C. 322. Ils ont bien voulu nous permettre de collationner leur copie avec la nôtre. Qu'ils en reçoivent, ici, nos remerciements.

Veroncourt. Nous n'avons pas cru devoir les publier, car elles n'offrent d'autre intérêt que de renvoyer à *l'autre livre qui est meilleur pour cet article* (1).

Nous nous sommes attaché à reproduire le texte, avec la plus scrupuleuse exactitude orthographique, en laissant à François Perrin de Dommartin la responsabilité de ses assertions qui, pour la plupart, nous paraissent fondées. Nous nous sommes contentés, en ajoutant en note les armoiries qui lui avaient échappé, de suivre un ordre rigoureusement alphabétique.

Nous appelons l'attention des érudits sur les notions historiques et sur les légendes recueillies par l'auteur ; elles donnent l'état des connaissances historiques à cette époque et signalent des faits qu'on ne trouverait pas ailleurs.

Nous ne voudrions pas terminer cette courte notice, sans témoigner notre respectueuse gratitude à Madame Berlet et sans dire quelques mots sur la descendance de Perrin de Dommartin.

Ses ancêtres sont connus, par l'article qu'il leur a consacré. A défaut d'autres preuves, cet article et ceux de ses alliances, désignent, clairement, l'auteur qui, en dehors de sa famille, ne s'occupe que de la chevalerie lorraine.

François Perrin de Dommartin ne laissa que deux fils morts sans postérité. Son cousin germain, Nicolas, laissa un fils du même nom, héritier des biens et des archives de

(1) Art. Aspremont, Buffegnécourt, Chabaney, etc.

François. Nicolas avait épousé Barbe Thouvenin qui, devenue veuve, fut la première directrice de la maison des
Sœurs de Saint-Charles fondée en 1652, par Emmanuel
Chauvenel, écuyer, seigneur de Xoudailles (1). Sa petite
fille Anne, dernière du nom, épousa Claude Dinant, officier
au service de France, aïeul de Marie-Anne-Sophie Dinant,
femme de Joseph-Placide Hanus de Maisonneuve, conseiller auditeur à la Cour des Comptes de Lorraine.

Leur petite fille, Marie-Françoise-Angélique-Sophie de
Maisonneuve, épousa Charles-Nicolas-Cécile Grandjean,
écuyer, père du bienfaisant docteur Grandjean qui trans-
mit à Madame Berlet, sa fille, le précieux manuscrit que
nous publions.

G. de B. — E. des R.

(1) V. Histoire des Sœurs de Saint-Charles, 3 v. in-8, Nancy,
Vagner, 1898, t. I, p. 8.

LE HÉRAUT

DE LORRAINE

ou

LES BLASONS DES
GENTILZHOMMES ET
VASSAUX DE LA LORRAINE
ET DU BARROIS

Avec diverses observations
généalogiques et histo-
riques
Un discours à part de
quelques maisons qui sont
alliées en Lorraine sans en
estre vassales.
Et le roolle des déclarés
gentilzhommes qui n'ont pas
obtenu les formalités du
resultat des estats de l'onzie
avril 1622

par Mesre François Perrin de
Dommartin
1654

PRÉFACE

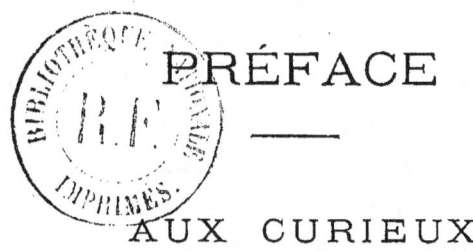

AUX CURIEUX

Messieurs,

J'ay tiré ce petit discours de la copie du Registre du Sr Calot heraut d'armes de Lorraine et Barrois, et de quelques titres et mémoires qui m'ont esté envoyés de Champagne, Lorraine, Alsace, Flandres et Allemagne. Les généraux d'armée, les intendants, les mestres de camp et les autres officiers militaires seront bien aises de discerner en Lorraine les véritables et anciens gentilshommes d'avec les autres, pour la confirmation de leurs maisons, l'observation de leurs personnes et le reglement des immunités attachées à leur naissance.

Le Conseil des finances mesme ne dédaigne pas d'en prendre connaissance directement, ou par appel des ordonnances desdits généraux, gouverneurs de provinces et intendans. Ce sera une lumière nouvelle à ceux qui s'allient par le mariage en cette province. La Lorraine, par les articles 4 et 5 du titre premier de sa Coustume fait distinction de trois sortes de personnes, gentilshommes,

annoblis et roturiers. Entre les gentilshommes, les uns sont
de l'ancienne chevalerie, les autres non. Ceux de l'ancienne chevalerie sont descendus du costé paternel (ou du
costé maternel estant gentilshommes de leur estoc) des
chevaliers de l'annonciade, institués par Friderich II duc
de la Lorraine mosellanique, entre Metz et Trèves, du temps
de Charlemagne. Lesquels chevaliers portaient au collier
de leur ordre des croix d'or recroisettées, dont les pieds
estoient fichés dans des pensées d'or, et pour médaille, au
lieu de croix, un ange annonceant l'Incarnation à la Vierge
et un vaze entre deux, d'où sortoit un lys à deux branches,
sur lequel estoit estendue la figure de Jésus Christ crucifié;
ordre devenu héréditaire, et qui prit le nom d'ancienne
Chevalerie depuis que René d'Anjou, mary d'Ysabeau, qui
estoit fille de Charles II, introduit dans la cour de Lorraine
la nouvelle Chevalerie de l'ordre du Croissant, en l'honneur de saint Maurice, au rapport du frère Jean d'Aussy en
l'histoire de cette province. Et les ducs de Savoye ont
estably ces deux ordres dans leur estat, ainsy qu'observe
André Favyn au Théatre de Noblesse et de Chevalerie. Les
autres gentilshommes sont égaux en degrés et en privilèges aux précédens, à la réserve : Premièrement de juger
souverainement des causes féodales et de certaines appellations èz assises de Nancy, Mirecourt pour les Vosges, et
Vaudrevanges pour le Bailliage d'Allemagne, entre lesquelles celles de Nancy estoient souveraines, et celles de
Mirecourt et Vaudrevanges ressortissoient à celles dudit
Nancy en certains cas et en d'autres cas, jugeoient souverainement sans connoistre néantmoins jamais du crime.

Les gentilshommes estrangers ou autres, quoyqu'ils ne fussent pas de l'ancienne chevalerie de Lorraine, pourveu qu'ilz eussent quelque fief au bailliage d'Allemagne, avoient séance de voix délibérative ez assizes dudit bailliage à Vaudrevanges, mais aussi estoient obligés d'y comparoir y estant assignés en parlant au fermier ou officier dudit fief. Estant à observer que personne ne peut posséder fief en Lorraine, ny en Barrois, sans estre noble, ainsy que le décide la ditte Coustume, au Titre des Fiefs. Et les assizes ont esté supprimées par le Roy deffunt lors qu'il establit son Conseil souverain dans Nancy, et par le duc Charles IV, lorsqu'il establit son Parlement de Lorraine à Espinal, l'an 1641, avant la rupture de son traité, dans lequel parle ment il comprit tout le ressort du Barrois de non mouvance, despendant de son parlement de S¹ Mihiel, qu'il supprima.

Secondement l'ancienne Chevalerie a ce privilège de pouvoir prendre ez guerres qui sont chez l'estranger tel party que bon luy semble, lorsque le duc est en paix, pour se rendre plus capable de le servir.

En troisiesme lieu, de n'estre jugée, ez cas criminel, qu'à l'assistance de deux anciens Chevaliers commis par le duc, lesquelz sont sans voix délibérative, assis au dessous des juges, et présentz à toute la procédure, afin d'avertir le duc sy on y manque, ou bien s'il est question du point d'honneur, en quelque combat ou rencontre, pour y avoir tel égard que de raison.

En quatriesme lieu ces Chevaliers ne sont punissables, si ce n'est corporellement et non par amendes ni confiscations, sauf en crime de lèze majesté humaine au premier chef ; et au second d'estre le tiers de leurs biens donné à l'hospital, et les deux tiers à leurs enfans, par résultat des estatz tenus à Nancy, l'an 1599 et autres. Ces trois derniers privilèges ne sont revoqués ; mais le duc a tesmoigné entendre que les Chevaliers ne prennent point de party sans sa permission signée d'un de ses secrétaires d'Estat avec cette charge et restriction de retourner à son service à son premier ordre. Quant aux immunités et à la séance des Etatz de la province, qui se tenoient à Nancy pour la Lorraine et le Barrois non mouvant de la couronne de France, et à l'égard du Barrois de mouvance dans la ville de Bar, il n'y avoit point de différence entre les anciens Chevaliers et les autres gentilshommes, ains seulement un banc séparé pour les barons, un plus avancé pour les comtes et un autre encore plus avancé pour les marquis (1). Les nobles ou anoblis, pour user du mot de la ditte Coustume, sont ceux qui ne sont pas encore nobles de quatre races de père en filz, sans mésalliance du costé de leurs femmes, mères et ayeulles qui doivent estre pour le moins filles d'annoblis et sans acte de roture. Les annoblys prenans ez contratz et en justice la qualité de noble homme, les gentilshommes non chevaliers celles d'honoré seigneur, au lieu de celles d'escuyers qu'ils portoient il y a cent ans, les chevaliers sans dignité celles de messire, et les chevaliers barons, comtes ou marquis, celle de haut et puissant seigneur, un baron seulement noble ne pouvant prendre

---

(1) Estant à observer que plusieurs anciens Chevaliers usurpent, par abus, de leur authorité privée, les couronnes et titres de barons, comtes et marquis, sans posséder aucune terre de ces qualités.

autre titre que noble, tel baron d'un tel lieu, et le casque
fermé, ou le chapelet de perles sur son cercle; le baron
gentilhomme non chevalier, honoré seigneur tel baron d'un
tel lieu, le casque grillé en porfil et le chapelet de perles sur
son cercle (1). Le reste des règles concernant les armoiries
s'observe en Lorraine comme en France. Il est vray que
les lettres d'annoblissement données par le duc portent
pouvoir à l'annobly de recevoir tous ordres de chevalerie,
c'est à dire les ordres nouveaux que le Prince pourroit
créer, auquel cas il s'appelleroit messire, mais on n'en a
point veu la praticque, sinon que le duc Charles IV après
son traitté de 1641, et vant la rupture, fit une déclaration
le pénultième juillet, publiée et enregistrée, par laquelle il
veut que les conseillers d'Estat, par luy créés ou retenus
depuis le traité, ayant le titre, le rang et les immunités
des anciens chevaliers, qui ont perdu par le non usage le
nom, le collier et la marque de leur ordre, et ne se parle
plus des chevaliers du Croissant qui estoit l'ordre institué
par René d'Anjou, parce qu'ils n'estoient qu'à vie et non
chevaliers héréditaires, comme les premiers. Laquelle
institution de chevalerie de longue robbe ou de loix (qui
ne sont que chevaliers d'honneur et non de service en
guerre) est observé par cet ancien Roman de la rose, en
ces termes :

> Sy quelqu'un pour la foy deffendre
> Vouloit Chevalerie emprendre
> Fust elle d'armes ou de loix.

---

(1) Aucune charge n'annoblit; mais les armes ou la lettre sont la
matière de l'annoblissement, qu'il faut prendre par patentes du duc

Friderich II duc de Mozellane, après avoir fait 24 chevaliers de l'Annonciade, qui sont devenus héréditaires, fit douze pairs avant que d'aller assister Charlemagne à la defaitte des Sarrazins en Espagne, lesquels pairs jugeoient souverainement toutes les appellations et ausquelz, longtemps après, le duc Gothelon joignit vingt quatre chevaliers de robbe fort versés en la connoissance des loix et des coustumes du pays, au rapport de frère Jean d'Aussy, en la vie de Gothelon ; mesme les conseillers d'Estat des ducs de Savoie et de Florence portent aujourd'huý le titre de chevaliers. La preuve des quatre races dont il a esté parlé, cy-devant, pour la gentillesse, se doit faire pardevant le mareschal de Lorraine, pour ceux de la Lorraine, et pardevant le mareschal de Barrois pour les nobles du duché de Bar, laditte preuve suyvie de l'advis des anciens chevaliers et puis des patentes de déclaration du duc, par le résultat des Estats tenus à Nancy l'unziesme avril 1622. A présent, le jugement de l'intendant tient lieu de la déclaration du duc. Ces annoblis ne payent point de tailles, parce qu'elles sont toujours personnelles et jamais réelles, mais ilz sont sujetz aux logementz et à la contribution des sous introduitte autrefois par le duc Charles III, pour supplément de la subsistance de l'ancienne garnison de Nancy. Aussi n'ont-ilz point de voix délibérative ez Estats de Lorraine, non plus que les roturiers, ains seulement ez Estats de Bar, qui ne reconnoissent que les nobles et les non nobles, par la Coutume du lieu, et donnent voix délibérative au Clergé, à la Noblesse et au Tiers-Estat.

Entre les roturiers suyvant les coutumes de Lorraine et

du Barrois, les uns sont francs par le privilège attribué à leurs personnes ou à leurs charges comme les maires et autres, ou bien par les lieux de leur demeure ; les autres non.

Les fiefs ne sont pas de danger, ny sujetz à aucun service par la coutume de Lorraine, le vassal ne donnant que des lettres reversales à la reprise par luy faitte de telle terres en termes généraux, avec ses dépendances, et ce qu'il acqueste de bien de roture dans l'estendue de la haute justice sortit aussi tost, mesme nature par un droit d'accroissement de fiefz, jusques là mesme qu'il n'y avoit appel de sa justice qu'au civil et non au criminel avant cette guerre, à la façon d'Allemagne, ce que le Roy deffunt abolit, et pourquoy le baron de Chamblay fut député de toutte la noblesse et vint en Cour porter ses plaintes, sans continuer sa poursuitte à cause de la conjoncture des affaires de l'Estat. Il n'en est pas ainsy au duché de Bar, où l'appel a toujours esté receu en tous cas, et où les fiefz sont sujetz à commise et restraintz au dénombrement, sans service.

Les rangs des principaux officiers, leurs exemptions de logemens et conséquemment de fournitures et de contributions ne doivent pas estre icy obmis, et sont réglés par l'ordonnance du duc Charles III du 14 juin 1595, en cet ordre :

1º Les gentilshommes.

2º Les quatre maitres des requestes.

3º Les conseillers au Conseil privé, c'est à dire à gages et couchez sur l'Estat et servans actuellement.

4º Les quatre secrétaires d'Estat.

5º Le président de la Chambre des comptes de Lorraine; celuy de Bar en peut, conséquemment, prétendre autant.

6º Le Procureur général de Lorraine. Celui de Bar ne l'est que d'un bailliage, non plus que les autres, et partant point de comparaison, à la réserve des procureurs et advocats généraux au dit parlement d'Espinal, et à plus forte raison des deux présidents et neuf conseillers de la ditte Cour.

7º Le Trésorier général de Lorraine, qui estoit comme un trésorier de l'espargne, à qui tous les autres trésoriers et receveurs envoyoient annuellement les deniers de leurs charges.

8º Le lieutenant général au bailliage de Nancy ; il en doit estre de mesme des autres lieutenans généraux, et n'est point parlé des baillys, ni des seneschaux, parce que lors on ne donnoit ces charges qu'aux gentilshommes de naissance, tous les baillis et séneschaux de la Lorraine et du Barrois estans d'espée.

9º Le maistre eschevin de Nancy, c'est à dire le premier conseiller du bailliage, conséquemment les premiers conseillers de la police et conseillers des villes et bourgs tenans lieu des maires, maistres eschevins et eschevins que l'on exempte, à présent, à l'imitation de la France, avec tous leurs collègues et officiers de police, au lieu que par laditte ordonnance, le maistre eschevin de Nancy estoit seul exempt, car le seul conseiller d'une compagnie. qui jugeoit, sans appel, au criminel connaissoit du crime de lèze-Majesté humaine privativement des autres juges de

Lorraine, jugeoit sans appel jusqu'à 50 livres de taxes et dépens et sans l'advis de laquelle compagnie, aucun procès criminel ne pouvoit estre jugé en Lorraine, afin d'obliger les vassaux par ce moyen, à reconnoistre la souveraineté du duc, au défaut d'appel en crime.

10° Le Greffier de la chambre des comptes de Lorraine, à cause de la garde des papiers importants, conséquemment le greffier de la chambre des comptes de Bar, et à plus forte raison, le Greffier du parlement d'Espinal, qui a succédé à celuy de St Mihiel, lequel subsistoit encore lors de l'ordonnance du duc Charles III.

11° Le clerc juré de l'auditoire de Nancy, c'est à dire le greffier en chef dudit bailliage qui estoit souverain en certains cas.

12° L'Argentier du duc.

Et voilà tous les exempts de logement entre lesquels il n'est point parlé du clergé. On s'étonnera peut être de ce que les maitres des requestes précédent les secrétaires d'Estat, non seulement en ceste ordonnance, mais au livre de l'Enterrement du duc Antoine composé par Emond du Boulay, héraut d'armes de Lorraine et imprimé à Paris il y a plus de cent ans, où il est dit par le maître des cérémonies : « *Monsieur de Neuflotte maistre aux requestes marchez seul* » et en l'article suivant « *et vous messieurs les secrétaires des commandemens et les secrétaires ordinaires marchés après luy* ».

Au livre de l'enterrement du duc Charles III, composé par le sieur de la Ruelle, lors secrétaire d'estat en Lorraine et imprimé à Nancy, l'an 1608, il est dit par le maistre des cérémonies : « *messieurs les quatre maistres des requestes marchés un à un et vous messieurs les secrétaires des commandemens marchés aussy un à un avec lesdits maistres des requestes* ». Ce qui donne la droitte, le pas et la puissance aux maistres des requestes de Lorraine, lesquels minuttoient les édits, ordonnances déclarations, conférences avec les souverains voisins et les instructions des ambassadeurs, outre les fonctions ordinaires de cette charge, pour la justice et les finances au conseil d'estat du duc.

Il n'y avoit jamais de maistre des requestes, qui ne fut en mesme temps conseiller d'estat ordinaire et qui ne fust assis et couvert au Conseil, confusément néantmoins avec les conseillers d'estat, selon l'ordre de temps de leur arrivée et non de leurs charges ou réception, à la reserve du maistre des requestes, en quartier à qui estoit conservé la première place à la droite du chef du Conseil, à la gauche duquel estoient assis les principaux seigneurs et conseillers d'estat d'épée. Ce chef estoit assis sur une chaise de velours rouge, sans bras, au haut de la table où l'on a coustume de mettre le fauteuil du Roy, dans le conseil de France.

Il est vray que les maistres des requestes, conseillers d'estat et secrétaires des commandemens, non gentilshommes de naissance, estoient debouts en présence du duc, les autres assis sur des sièges pliants, mais éloignés de la table, les princes du sang lorrains et le chef dudit conseil, assis sur des chaises de velours rouge, sans bras, derrière le fauteuil du duc, lequel estoit en haut de la ditte table, mais tous découverts, sy longtemps que le duc estoit

dans son conseil. Point de robbes longues depuis le décès
de Charles III, par un mespris impertinent de cet habit.
La différence des conseillers d'estat, gentilshommes de
naissance avec les autres, est tyré du conseil aulique de
l'Empereur et la préséance des maistres des requestes,
contre les secrétaires d'estat est une imitation du grand
conseil d'Espagne, où la dignité de maistre des requestes
précède celle de secrétaire d'estat, ainsi que l'on voit au
traité du mariage du Roy d'Espagne présentement régnant,
avec la fille de France sœur du feu Roy, en ces termes :
« *A quoy furent présents, pour sa majesté Catholique, haut
et puissant prince Louys de Nassau prince d'Orange, sieur
de Gravinian, maistre des requestes de sa ditte Majesté, et
illustre docteur Baptiste Vertu secrétaire d'estat au conseil
de sa ditte Majesté.* »

Mais l'édit du feu Roy de l'an 1634, publié dans Nancy
et registré au conseil de la ditte ville (lequel tient lieu des
maires et eschevins des villes de France) déclare qu'il n'y
aura que les officiers pourveus par le duc Henry II, qui
puissent prétendre de jouir de l'immunité de leurs
charges, le conseil d'estat de Lorraine ayant esté interdit,
sans procédure, sur la seule considération d'Estat et sans
remboursement de la finance, le 4 octobre 1634, Sa Majesté
ayant établi un conseil souverain dans Nancy, depuis
supprimé et sa jurisdiction commise au parlement de
Metz, par une déclaration du feu Roy, à présent il ne reste
plus qu'un maistre des requestes, le sieur Perrin de
Dommartin et deux conseillers d'estat ordinaires avec
robbes longues, de tous les officiers, exempts pourveus

par le duc Henry II. Les autres ne l'estant que par brevet et n'ayant jamais esté à gages ni couchés sur l'estat. Les officiers interdits ne perdent que les fonctions de proffit de leurs charges et non les immunités pendant qu'ils sont interdits, à plus forte raison ceux qui le sont par la seule considération d'estat, sans aucun crime ni délit. Il faut donc conclure que la révocation des exemptions qui se fait quelquefois par le Roy, non plus que les ordres qui sont donnés pour les contributions contre tous généralement francs et non francs, de quelques qualités qu'ils soient, ne concerne point les gentilshommes de naissance, ni ces trois officiers restant du conseil du duc Henry II.

Ayant suyvi entre ces gentilshommes l'ordre alphabétique des noms de leurs familles pour laisser indécise la préséance des maisons et n'ayant compris dans ce livre les vassaux qui sont simples nobles, ni plusieurs noms qui passent pour gentilshommes en Lorraine, parce qu'ils n'ont point fait de preuves pour obtenir la déclaration du duc, avant sa sortie du duché, ou de l'Intendant envoyé par le Roy depuis cette sortie.

(Extrait du privilège du Roy.)

Aboncourt

Porte : d'or à trois tours d'azur maçonnées de sable, au canton gyronné d'argent et de gueulles de huit pièces.

Maison esteinte.

Aboncourt est scitué au bailliage de Nancy, recette d'Amance. Il y a un autre Aboncourt bailliage et recette du Comté de Vaudémont.

Aigremont

Porte : de gueulles au lion d'argent, armé, lampassé et couronné d'or.

Maison esteinte.

Le chasteau d'Aigremont est sur la frontière de la Lorraine du costé de Langres. Vendu l'an 1651 par le seigneur au duc Charles IV, repris par les Français et razé. Il appartient en souveraineté à M. de Luxembourg, comte de Ligny, qui l'avait confié à un bâtard de sa maison, qui le vendit au duc de Lorraine.

Allamont

Porte : de gueulles à un croissant d'argent, au chef de mesme chargé d'un lambel de trois pièces d'azur.

Cimier : une couronne d'or yssant deux lévriers adossés accolés, bouclés et cloués d'or.

Le sieur d'Allamont abbé de l'abbaye de Beaupré, prez de Lunéville, est conseiller d'Etat ordinaire du duc de Lorraine et yssu de la maison très ancienne d'Allamont originaire du duché de Luxembourg. Il demeure à Nancy depuis longues années. Louise d'Allamont avait épousé Arnoud de Failly.

Amance

Porte : d'argent à l'écusson d'azur.

Maison esteinte.

Les ville, château et comté d'Amance sont, à présent, du

domaine de Lorraine. Biétry d'Ogéviller fit bastir l'Eglise
d'Amance où il n'y avait qu'une chapelle dans le chasteau
qui est aujourd'hui presque toute ruinée, y ayant un esca-
lier caché dans l'espesseur du mur d'une tour dont l'entrée
est *cachée* (?) du ciment qui sert de plancher tout en haut de
la dite tour et après qu'on est descendu plus bas que les
fondemens des portes de la ville, on trouve un passage sou-
terrain voulté qui conduit dans la forest voisine et Thiébaut Ier y demeuroit ou du moins s'y retira comme en un
lieu fort pour résister à Frédéric II... Frère Jean d'Aussy en
l'histoire de Lorraine dit que Guillaume revenant de Hiéru-
salem avec Charlemagne s'en alla à Amance tenir sa cour.

St-Amant

Porte : fascé d'argent et de sable de six pièces.

Maison ancienne et qui a paru en la cour de Lorraine
sous le duc Charles III en la personne du comte de Saint-
Amant.

Anglure

Porte : écartelé au premier et dernier quartier d'or semé
de croissants de gueulles surmontés de grillettes d'argent
et au second et troisième de gueulles à trois pals de vair,
au chef d'or chargé d'une merlette de sable.

Cimier : un vol de hairon au naturel.

Le feu sieur de Bonnecourt, de ceste maison, estoit
chambellan du duc de Lorraine et n'est mort que depuis
deux ans. Le commandeur d'Anglure possède encore,
actuellement, la commanderie Saint-Jean du Vieil-Aitre-
lez-Nancy et il y a plus de six cents ans qu'un gentilhomme
de cette maison estoit grand légionnaire de Champagne.
La baronnie d'Anglure est en Champagne, et outre les
grillets d'argent, c'est-à-dire les sonnettes qui sont dans
les armes des seigneurs de cette maison, ils s'appellent et
signent tous Saladin d'Anglure, depuis qu'un d'eux estant
prisonnier de guerre, en la tour noire prez de Constantinople, fut renvoyé en France sous sa foy, par Saladin, lors

empereur des Turcs, à charge d'apporter sa rançon dans
certain temps, ce qu'ayant fait cet empereur la luy rendit,
luy fit promettre de porter le nom de Saladin et le faire
porter à ses descendants et luy fit présent d'un de ses che-
vaux chargés de croissants et de grillettes d'argent.

D'Arentiers

Porte d'argent à deux fasces de sable.

Maison esteinte.

Le comte d'Issambourg a les mêmes armes, quoique de
différente maison. Il y a des vieux titres qui justifient
qu'au lieu, où est à présent le village de La Neuveville-prez-
de-Nancy, estoit autrefois une ville appelée Arentérium ; et,
en effet, on y a trouvé, l'an 1630, quantité de médailles
d'argent, de cuivre, de la fabrique des Romains. Le village
est à présent du domaine de la Lorraine. Vendu par le duc
Charles IV au feu sieur Bourgeois, Mᵉ des requestes en son
hôtel, à faculté de rachat.

Des Armoises

Porte : gyronné d'or et d'azur de douze pièces, sur le
tout d'argent, parti de gueulles.

Cimier : un lyon naissant d'or tenant un écusson d'argent, party de gueulles.

Il y a plusieurs branches de cette maison en Lorraine,
comme des Armoises d'Hannoncelles, des Armoises d'Aulnoy, des Armoises de Neuville, des Armoises de Jauny,
des Armoises de Bazoilles. On tournait la pointe du cous-
tau à la table des chambellans aux gentilshommes de cette
maison, pour marque de ce que leurs ancestres estoient du
nombre de ceux qui mirent le duc Ferry prisonnier dans
la tour de Maxéville, jusqu'à la fin du règne du duc
Henri II.

Artigoti

Porte : d'azur à un fer de moulin d'argent.

Maison originaire de Biscaye, habituée en Lorraine environ l'an 1570 où elle s'est alliée aux principales maisons de la Province, nommément avec celle de Chastelet et de Beauvau.

Le baron d'Artigoti a espousé une héritière de la maison de Raigecourt. Le père de ce baron, estant gouverneur de Marsal sous le duc Henri II, eut querelle avec le feu sieur de Gastinoys pour une levrette qu'il luy retenait, et parce qu'il ne voulait pas se battre en duel avec ledit sieur de Gastinoys, prétendant qu'il ne fut pas noble de quatre races, il se jeta au service du père du feu comte de Soissons, qui prenant son party envoya le cartel de deffy dans Nancy audit sieur d'Artigoti, en sorte que la levrette fut rendue audit sieur de Gastinoys.

Aspremont

Baronie et depuis comté.

Porte : de gueulles à une croix d'argent.

Cimier : un aigle naissant de mesme.

Barons anciens. Maison esteinte, possédée depuis par les comtes de Linange qui ont vendu leur droit pour la moitié au duc Charles III de Lorraine et se sont obligés par contrat de ne vendre l'autre moitié qu'à un duc de Lorraine, en cas qu'il le veuille achepter.

Les ville, chasteau et baronie sont du domaine ducal pour la moitié, érigés en bailliage dont la jurisdiction fut attribuée par le duc Charles III à son parlement de Saint-Mihiel, au Barrois et la recette à sa chambre des Comptes de Lorraine.

Aspremont

Porte : de sable au chef d'argent, paré de trois corbeaux de gueulles, membrés et becqués d'azur.

Gérard d'Aspremont, seigneur de Marchéville, de Genicourt et de Quincy mourut le dernier de son nom et de ses armes n'ayant laissé que des filles de N. du Chastelet sa femme, savoir Ester d'Aspremont femme de Jean des Porcelets seigneur de Maillanne et de Valhey, mareschal de Barrois et conseiller d'Estat de Lorraine, et Louise d'Aspremont seconde femme de Renaut de Gournay, seigneur de Villers, chef du Conseil de Lorraine et Bailly de Nancy.

St-Astier

Porte : burelé d'or et de gueulles.

Cimier : une teste et col de licorne d'argent.

La maison de Saint-Astier est originaire de France, sur les confins du Périgort et du Lymousin. Le premier qui s'habitua en Lorraine fut le sieur de Saint-Astier seigneur de Ludien, commandant pour le Roy dans Verdun. Sa femme fut Anne de Nettancourt, de laquelle il eut Geoffroy de Saint-Astier, décédé l'an 1630, qui n'eut de Marie de Beauvau, sa femme, qu'un fils mort à l'âge de douze ans, avant son père à Nancy.

Aviller

Porte : de sable à la croix d'or, au premier canton chargé d'une fleur de lys de mesme.

Gérard d'Aviler, sieur de Malatour et de Commercy, fut conseiller d'estat du duc René I, bailly de Saint-Mihiel et grand escuyer de Lorraine en crédit et fort employé pendant les guerres du Bourguignon, contre le duc de Lorraine. Il espousa en premières nopces Catherine de Dompmartin, sœur de Wary de Dompmartin évesque de Verdun et en secondes nopces Catherine de Haraucourt, remariée depuis à François de Choiseul sieur de Clermont. Ledit Gérard mourut, l'an 1527, le dernier de son nom et de ses armes et fut inhumé à Malatour où il a basti et fondé une collégiatte.

Aulnoy

Porte : d'argent à la face de sable, au lyon léopardé de gueulles en chef.

Maison esteinte.

Un gentilhomme de la maison des Armoises a un fief au village d'Aulnoy, à trois lieues de Nancy, recette de Nomeny, ban et mairie de Delme. Il y a un autre Aulnoy bailliage de Saint-Mihiel, recette de Foug, et un autre Aulnoy bailliage d'Ancerville, recette de Bar.

Autel ou Elter

Porte : de gueulles à une croix d'argent cantonnée de vingt billettes d'or posées en sautoir.

Cimier : un vol de l'escut.

La maison d'Autel ou Elter, en allemand, est originaire des environs du Rhin entre Mayence et Couvelance. Un seigneur de cette maison s'habitua au bailliage d'Allemagne en Lorraine, sous le duc Charles III. Mais il n'en reste plus aucun de cette branche en Lorraine, à présent.

Aultrey

Porte : de gueulles à l'Ecusson d'or.

Maison esteinte.

Le chasteau et village d'Autrey distant de trois lieues de Nancy, bailliage et recette du comté de Vaudémont est à présent possédé par le duc François III. Le père duquel y avait fait faire un jardin de plaisir, de fort grande étendue, négligé depuis la guerre.

Il y a un autre AUTREY qui porte : de gueulles à 3 fers de javelots d'argent posés 2 et 1. Alix d'Autrey de cette maison du costé paternel et sortie par les femmes de la vraie maison d'Autrey, espousa Aubriot II de la Fosse dont la fille appelée Marguerite de la Fosse fut mariée à Androuin Roder, en la ville de Toul.

Autremont

Porte : de synople à la croix échiquetée de trois traits d'or et de gueulles.

Maison très ancienne, esteinte en Lorraine de fort longtemps.

Ayne

Porte : de gueulles, écartelé d'or.

Maison fort ancienne, esteinte de longtemps. La baronnie d'Ayne estait possédée par Simon de Pouilly, vivant mareschal du Barrois, et gouverneur de Stenay, décédé l'an 1634.

Baillivy

Porte : de gueulles au chevron d'or, à deux étoiles, en chef et un triangle d'or en pointe.

Maison venue de Jean Bailly, maistre d'hostel d'un évesque de Verdun, environ l'an 1380 d'où elle passa à Toul et de Toul à Nancy par deffunt Jean Baillivi vivant conseiller d'Estat ordinaire et maistre des requestes en Lorraine. Celuy de Toul estoit Jean Baillivi maistre des requestes du cardinal de Lorraine et lieutenant général au bailliage dudit Toul, seigneur de Bouveron, Rouaumeix, Barizey au plein, Harmonville, Montlatroye, qui eut pour fils Charles Baillivi, dont la fille a été mariée au sieur Perrin de Dommartin. La raison du changement du nom de Bailly en celuy de Baillivi, vient de ce qu'on latinisait les noms propres il y a quatre-vingt ou cent ans, comme Richardi pour Richard, Dominici pour Dominique et ainsi on disait Baillivi au lieu de dire les Baillys parce qu'ils estoient plusieurs de cette maison, les preuves de laquelle ont esté faittes par devant l'Assise de Nancy et le mareschal de Lorraine sur quoy est intervenue la déclaration du Duc, en faveur de Claude Baillivi, le 8 mars 1622, laquelle se trouve ès régistres du sieur Calot heraut d'armes de Lorraine et à l'égard de la branche restée à Toul, royaume de France, il y a une patente et déclaration de gentillesse du feu Roy de l'an 1610. Icelle publiée et régistrée au siège souverain du Président de Metz audit Toul, la même année, ouy et ce consentant le procureur du Roy. Et en tout cas Jean Baillivi de Toul fut annobly en octobre 1581 par le Roy Henri III et Jean Baillivi maistre des requestes à Nancy par le duc Charles III. Il maria une de ses filles à François de Balot au duché de Bourgogne et l'autre à Lampougnan issu des comtes de Lampougnan de Milan.

Bainville

Porte : d'azur semé de croisettes, pommettées au pied fichées d'or, à la croix pleine d'argent brochant sur le tout.

Maison très ancienne esteinte de fort longtemps.

La prévosté de Bainville aux miroirs comprend le ban de Tantimont, et est, à présent, du domaine de Lorraine, auquel elle a esté réunie lorsque les races des comtes de Vaudémont-Joinville et Neufchastel ont manqué. Voyez le mot Chastel sur Mozelle, dont cette prevosté dépendoit.

Baissey

Porte : d'azur à trois quintefeuilles d'argent.

Cimier : une teste de bœuf de sable, ayant un anneau d'or au travers des narines et couronné de mesme.

Maison originaire du duché de Bourgogne. La première alliance qu'elle eut en Lorraine, fut avec la maison de Lénoncourt par le mariage d'Antoine Baissey, bailly de Dijon avec Jeanne de Lénoncourt, environ l'an 1480, dont est sortie Eve de Baissey, femme de Jacquot de Haraucourt seigneur de Chambley, de Magnières et de Bayon.

St-Ballemont

Porte : burelé d'argent et de gueulles.

Maison esteinte de fort longtemps.

Le feu sieur Jean-Jacques de Haraucourt, mort au service du duc de Lorraine depuis quelques années, possédoit la terre de Saint-Ballemont, dont il portait le nom. Elle lui obvint par le décès de sa mère qui estoit de la maison de Reinach. La dame de Saint-Ballemont sa veuve, conserve généreusement ses terres et ses habitans, estant

ordinairement habillée en homme et donnant la chasse
aux ennemis et aux coureurs quand ils paroissent à Saint-
Ballemont ou à Gibomeix où elle fait alternativement sa
demeure, chose fort rare en un siècle qui n'est pas celuy
des amazones.

Barbay

Porte : de gueulles à trois jumelles d'argent et la bordure
de mesme.
Cimier : une teste de chien barbet.
Maison esteinte.

Barexey

Porte : d'azur à un lyon d'argent, environné de trois
roses de mesme, deux en chef et l'autre en pointe, à la
bordure d'or.
Maison esteinte.

Barisy

Porte : de gueulles en chef d'argent, chargé de deux
testes de Morins.
Maison esteinte.

Bassompierre

Porte : d'argent en chevron de trois pièces de gueulles.
Cimier : un écusson de Bassompierre accompagné d'un
vol d'argent, yssant d'une couronne murale d'or.
Le chasteau de Bassompierre est scitué au bailliage de
Saint-Mihiel près de la ville de Briey à cinq lieues de Metz.
Maison très ancienne et ornée de la mémoire du deffunt
mareschal de Bassompierre, colonel des Suisses, un des
plus polys de son siècle. Le marquis de Bassompierre en
en Lorraine, garde une cuillière que le vulgaire de ce
pays-là, dit par tradition avoir esté donnée à un seigneur de
Bassompierre avec un miroir et une escuelle (qui sont per-
dus) par une fée ou magicienne sauvage dont il jouyssait

dans la barbacane de son chasteau, et laquelle estant sur-
prise endormie entre les bras de ce seigneur, par sa femme
qui leur couvrit le visage de son couvre-chef, sans les
réveiller, reconnut à son réveil que ses amours estoient
découvertes par la maitresse du logis et retournant, le len-
demain, pour la dernière fois donna pour gages de son
amour, ces trois pièces enchantées, à ce seigneur, luï pro-
mettant que sa maison continueroit en lustre et en gran-
deur si longtemps que ses descendans conserveroient l'une
des dittes pièces, dont il ne reste à présent que la cuillière
et qui semble néantmoins approcher bien fort de la fable.
Il y a une sépulture magnifique de cette maison dans
l'église des Minimes à Nancy, qui ne cède en rien à l'orne-
ment des plus belles et riches sépultures des Roys.

Baucourt

Porte : d'argent à un lyon de gueulles, armé, lampassé
et couronné d'or.

Ferry de Baucourt vivait encore l'an 1460 et mourant
le dernier de son nom et de ses armes laissa pour son
héritière universelle sa fille unique, Margueritte de Baucourt, femme de Jean de Crehanges baron dudit lieu et
de Pittange, les successeurs duquel possèdent encore aujourd'huy la seigneurie de Baucourt qui est un arriere fief
du marquisat de Pont-à-Mousson, mouvant de la baronnie
de Vivier, dont il est esloigné d'une lieue.

Baudoche

Porte : chevronné d'argent et de gueulles de dix pièces,
au chef d'azur chargé de deux tours d'or.

Cette maison est une des plus anciennes, nobles et riches
de Metz qui a toujours esté hautement alliée. Il s'en trouve
qui ont esté mariés, il y a plus de deux cents ans, à des
filles de la famille de Crouy et de celle de la Marck. Le dernier de la maison de Baudoche estoit seigneur de Moulins
devant Metz et du village de Sainte-Barbe ; sa femme

estoit de la maison d'Anglure de laquelle il ne laissa que des filles. L'un et l'autre sont inhumés en l'église de Sainte-Barbe qu'ils avoient fait bastir, où se void encore leur tombeau somptueux, devant le grand autel eslevé de trois ou quatre pieds, portant leurs effigies au naturel. Ce dernier Baudoche mourut environ l'an 1560.

Baudricourt

Porte : d'or au lyon de sable, armé, lampassé et couronné de gueulles.

Maison esteinte.

Présentement possédée par les héritiers de Georges Affrican de Bassompierre, marquis de Removille, lequel estoit grand écuyer de Lorraine, bailly de Vosges et frère du mareschal de Bassompierre.

Le chasteau de Baudricourt, dont le cadet porta le nom estant scitué au bailliage de Vosges.

St-Baussant

Porte : tiercé en pal au premier de sable à cinq annelets d'or l'un sur l'autre, au second d'argent à trois chevrons de gueulles, au troisième d'azur à trois hermines d'argent l'une sur l'autre.

Il resta en Lorraine un gentilhomme de cette maison dont la sœur est mariée au sieur de Jandelaincourt frère du feu sieur de Beauregard, gendre de la dame de Serrière.

Bayer de Boppart

Porte : écartelé au premier et dernier quartier d'argent à un lyon de sable, armé, lampassé et couronné d'or ; au second et tiers de gueulles au dextrochère vestu d'argent tenant une bague d'or environnée de trois croix fleuronnées de même, qui est de Losenich.

Cimier : un lyon de l'escu, accompagné du vol d'argent, yssant d'une couronne d'or.

Georges Bayer de Boppart, baron de Chasteaubrehain

seigneur de Launoy, Teintru et de la Tour devant Virton, commandant un régiment de cavallerie en Hongrie, y mourut l'an 1602, le dernier de son nom et de ses armes n'ayant pas laissé d'enfant de Margueritte de Lallain, son épouse. Anne Bayer de Boppart, femme de Christophe de Crehange, baron dudit lieu et de Pittange et Marie-Elisabeth de Boppart, ses sœurs, furent ses héritières. Mais la dernière n'ayant laissé aucun enfant de Jean du Chastelet, seigneur des Thons, mareschal de Lorraine, ni de René de Choiseul, seigneur de Clermont, ses deux maris, les comtes de Crehange ses neveux luy ont succédé et, par ce moyen, tous les biens de la maison de Boppart ont passé en celle de Créhanges.

Bayon

Porte : d'argent à la bande de gueulles chargée de 3 aigles d'or.

Maison esteinte de fort longtemps. La ville est prevosté de Bayon, dépendante du bailliage de Nancy, appartiennent à présent, au duc d'Havré de la maison de Crouy en Flandres, mais le comte de Mailly au nom de ses enfans, héritiers de feu dame Geneviefve d'Urfé sa femme, auparavant veïve du duc de Crouy, prétend emporter Bayon pour les arrérages du douaire de la dite dame, dépens, dommages et interests à elle adjugés par divers arrests des conseils du duc de Lorraine. La maison de Haraucourt a possédé la seigneurie de Bayon, l'espace de cent cinquante ans et plus, ce qui se reconnoit en ce que N... de Bayon, la dernière de son nom et de ses armes, décédée l'an 1469, avait longtemps avant son décès, espousé Charles de Haraucourt, en la maison duquel elle apporta la seigneurie de Bayon qui obvint par succession à Jean de Haraucourt bailly de Saint-Mihiel. Leur fils, Jacob de Haraucourt, père du feu le sieur de Saint-Ballemont, a esté le dernier de sa maison, qui a eu part en cette seigneurie, laquelle il vendit un peu avant son décès à la dame de Havreck qui avait déjà le reste. La ville de Bayon a esté brûlée en partie pendant cette guerre et confine au ban de Neufviller où est la plus belle maison de Lorraine, appartenante au prince de Salm et où sa veuve fait à présent sa demeure.

Bazemont

Porte : d'azur à la clef périe en pal d'argent.

Maison esteinte de longtemps. Les chasteaux et baronnie de Bazemont appartiennent à Charles de Tornyelle comte de Brionne, marquis de Gerbéviller, comme héritier d'Anne du Chastelet, sa mère, fille d'Olry du Chastelet, seigneur de Deuilly, Bazemont, Gerbéviller et de Jeanne de Scépeaulx.

Beauvaux

Porte : écartelé au premier et dernier quartiers d'argent à quatre lionceaux de gueulles, armés, lampassés et couronnés d'or et au 2 et 3 de gueulles, qui est de Craon. Cimier : une hure de sanglier, au naturel.

Cette maison originaire d'Anjou s'est establie en Lorraine, sous René d'Anjou, mary d'Ysabeau, fille de Charles II, à la suite duquel René Jean de Beauvaux gouverneur d'Angers vint en Lorraine et est divisée en trois branches : Beauvaux de Fléville à présent gouverneur du prince Ferdinand, fils ainé du duc François III à Vienne en Autriche ; Beauvaux de Noviant, marquis de Noviant-aux-Preys, prez de Commercy et Beauvaux de Panges, décédé sans hoirs masles. Cette maison a l'honneur de composer une des lignes de la très auguste maison de Bourbon. Et le feu baron de Beauvaux-Fléville nous a laissé par escrit l'histoire curieuse de son voyage du Levant, enrichie de plusieurs cartes et figures.

St-Belin

Porte : d'azur à trois testes de béliers d'argent, accornés d'or.

Le feu baron de Saint-Belin demeuroit à Nancy au service du prince de Phalsbourg et estoit gouverneur de Neufchasteau. La veuve de ce prince a quitté Bruxelles et demeure à Phalsbourg avec le prince de Lixin son troisième mary auquel elle a donné le nom de la principauté de Lixin où il y a un ruisseau merveilleux, pour les teintures et pour la tannerie. Ces deux principautés de Phalsbourg et de Lixin promises à reversion au domaine de Lorraine faute d'hoirs de cette princesse.

Belruz

Porte : d'azur au lyon d'argent.

Maison esteinte de plus de cent cinquante ans, aujourd'hui possédée par le sieur de Belruz, de la maison d'Estissac, cy-devant gouverneur de Hombourg et allié du costé maternel à quelques familles de l'ancienne chevallerie. Belruz est un village scis, près de la ville de Darney en Vosges, au milieu des bois, où il y a une verrière dans laquelle travaille le père du sieur de Belruz, lequel achetta du duc la verrière et le village, dont estant seigneur, il quitta son nom et ses armes de Tissac et prit le non et les armes de Belruz.

Bémont

Porte : de gueulles à une croix d'argent, cantonnée de quatre billettes de même.

Maison esteinte. Le village de Bémont est en Lorraine et y a un autre Belmont sciz au Bailliage de Vosges, dont il est parlé cy-après.

Belmont-en-Vosges

Porte : d'or à la face de deux pièces d'azur.

Maison esteinte. Il y a un village appelé Belmont sciz au bailliage de Vosges.

Bildstain

Porte : écartelé au premier et dernier quartiers d'or à la

bande de gueulles, chargée de trois alérions d'argent, brisée en barre d'un bourdon d'azur et aux deux et trois quartiers d'or à la face de trois pièces de gueulles.

Cimier : un alérion de l'escut.

Ferry, advoué de Lorraine, seigneur de Bildstein a donné commencement à cette maison. Il estoit fils naturel de Charles II duc de Lorraine, décédé l'an 1430. La femme de ce Ferry estoit Anne de la Roche, fille d'Olry de la Roche et de Jeanne Bayer de Boppart. Les seigneurs de Froville et de Magnières, en sont yssus, en ligne directe et ont divisé cette maison en deux branches : l'une est celle de Bildstein de Magnières, incommodée par l'occupation trop curieuse et trop longue du feu sieur de Bildstein à la chimie, et l'autre est celle de Bildstein de Froville dont il y a présentement un seigneur en Lorraine qui s'est retiré en son chasteau de Hadonviller avec une dame de Flandres qu'il a espousé et avec sa mère, fille du sieur de Pullenoy, vivant trésorier général du duc de Lorraine, veuve du feu sieur de Bildstein de Froville.

Billy

Porte: de gueulles à trois billettes d'argent posées en pal, deux et un.

Maison esteinte et très ancienne.

Bioncourt

Porte : d'argent à la face d'azur [et suivant d'autres : porte d'azur à la face d'argent].

Le chasteau et baronnie de Bioncourt sont assis sur la rivière de Seille à trois lieues de Nancy, rivière fort poissonneuse, son eau grasse à cause du terroir, ce qui rend le poisson fort gras, mais un peu limoneux. Il y a un pont pour servir de passage sur cette rivière qui n'est point gayable, pour la garde duquel passage le chasteau de Bioncourt, fort bon contre le coup de main, a esté autrefois basty.

Le nom et les armes en sont esteintz dès longtemps.
Une fille de Bioncourt, dernière du nom, espousa un seigneur de la maison de Guermange, la postérité duquel a
possédé les seigneuries de Bioncourt et Guermange jusqu'environ l'an 1540, auquel temps Hanus de Guermange,
marit d'Alix de Liocourt, n'ayant laissé que Françoise de
Guermange leur fille et héritière universelle ; elle porta
les deux seigneuries en la maison de Custine, se mariant
avec Martin de Custine, duquel elle eut Adam de Custine,
sieur de Guermange, et Jean de Custine, sieur de Bioncourt,
qui de Dorothée de Ligniville, n'a laissé que deux filles,
l'une appellée Suzanne de Custine, au partage de laquelle la
seigneurie de Bioncourt est obvenue et qui n'a de Ferry de
Haraucourt, baron de Chambley, qu'une fille mariée au
Marquis de Bassompierre. L'autre fille qui estoit abbesse
de Bouxières s'est mariée l'an 1641, au baron de Lambertye, auparavant chevalier de Malte. Ce Jean de Custine
avait beaucoup voyagé, principalement en Terre-Sainte.

Bitsch

Porte : d'argent au lyon de gueulles.

Bitsch est un comté de grande estendue sciz ez confins
du duché de Lorraine, borné d'un costé par le duché de
Deux-Ponts.

Maison esteinte de fort longtemps. Le comté estoit possédé par les comtes de Hanaw-Bossweiller, lesquels
ayant esté interpellés par le procureur général de Lorraine sous le duc Charles III, seigneur dominant de la
ville et comté de Bitsch, d'en reprendre en fief et luy faire
les foy, hommage et serments de fidélité, pour ce deubs,
ils en firent refus, en suitte de quoy cette terre fut décla-
rée commise et réunie au domaine de Lorraine, pour cette
félonie, par arrest de la Chambre des comptes de Lorraine de l'an 1572. Depuis lequel temps les ducs en ont
tousjours jouy et le duc Charles III voyant la situation
éminente de cette ville, sur un bloc de pierre rougeâtre, la
fit fortifier de plusieurs bastions et terrasses.

St-Blaise

Porte : d'azur à la pointe d'argent.

Il y a une tour forte appelée la tour Saint-Blaise qui est un fief, avec ses dépendances, scis au comté de Chaligny près du bourg de Pont-Saint-Vincent, mais cette maison ne vient pas de là. Elle est originaire de Champagne. La première alliance que les sieurs de Saint-Blaise ont eu en Lorraine, a esté, qu'environ l'an 1540, Jacques de Saint-Blaise, baron de Changy, espousa Catherine de Dommartin, duquel mariage entre autres enfans fut procrée Jacqueline de Saint-Blaise femme de Pierre de Gournay, seigneur de Secourt.

Blâmont ou Blankenberg

Porte : de gueulles à deux bars adossés d'argent.

Les comtes de Blâmont, les comtes de Bar, avant l'alliance de Mousson, les comtes de Ferette et les anciens comtes de Salm, avant les Ringraffs, portèrent les armoiries cy-dessus blazonnées. Plusieurs auteurs et nommément Wassebourg, en son livre des Antiquités de la Gaule Belgique, en la vie de Thomas de Blâmont, evesque de Verdun, sous l'année 1302, rapporte que la maison de Salm et celle de Blâmont ne font qu'une, et que Henry comte de Salm laissa deux fils, l'aîné fut Henry son successeur au comté de Salm et le cadet Friderich, lequel ayant eu pour son partage le comté de Blâmont, luy et sa postérité prirent le nom de Blâmont laissant celuy de Salm, dont néantmoins ils retindrent les armes. Olry de Blâmont évesque et comte de Toul, mourut le dernier de ce nom l'an 1509. Son héritier au comté de Blâmont fut le duc Antoine de Lorraine, son cousin, d'autant que ledit Olry estoit fils de Henri IV, du nom, comte de Blâmont et de Marguerite de Lorraine, fille de Ferry de Lorraine, comte de Vaudémont. Le terroir de Blâmont produit des lins presque aussy fins que ceux de Flandres.

Blankenheim

Porte : d'or au lyon de sable, armé et lampassé de gueulles, au lambel de trois pièces de mesme, sur l'épaule.

Le comté de Blankenheim, assis ez confins du duché de Luxembourg et de l'archevesché de Trèves, est une maison fort ancienne, esteinte de longtemps et possédée à présent par Jean Arnoldt comte de Manderscheidt et de Blankenheim, vassal de Lorraine à cause de ses fiefs du bailliage d'Allemagne.

Bouck

Porte : d'azur à trois escussons d'or posés 2 et 1, au chef de gueulles emmanché d'or.

Maison esteinte.

Nicolas de la Fosse fils d'Aubriot II, seigneur de Jubainville, espousa Anne de Bouck et eut entre autres enfants Margueritte de la Fosse mariée à Androuïn Roder dont est sorty Bernard Roder sieur dudit Jubainville et de luy Margueritte Roder mariée a feu Charles Baillivi vivant seigneur voué de la ville de Toul et de Bouveron. Le village de Bouck est assis au bailliage de Saint-Mihiel et Nicolas Perrin de Dommartin en est seigneur en partie à cause de feue dame Anne Baillivi sa mère.

L'épitaphe d'Anne de Bouck en l'église des Cordeliers de Toul porte de sable à trois écussons d'argent posés deux et un au chef d'or emmanché de gueulles.

Bouland

Porte : d'azur à la croix d'or accompagnée de vingt croisettes aux pieds fichés de mesure.

Maison originaire des confins de Namur en Ardennes. Elle a eu autrefois de grandes alliances en Lorraine. Elle est esteinte dez l'an 1565, ou environ, en la personne de Robert de Bouland qui avoit espousé Renée de Lutzelbourg en Lorraine, de laquelle il ne laissa que des filles entre

autres Charlotte de Bouland femme de Jean du Buchet
seigneur de Mailly et d'Ajoncourt et N. de Bouland femme
du seigneur de Schomberg, allemand.

Boullay

Porte : d'or à la croix ancrée de gueulles.

Maison esteinte.

Ville et comté faisant l'une des prévostés du bailliage
d'Allemagne. C'est à présent du domaine de la Lorraine.
Ce comté ayant esté donné par le feu duc Henry II au deffunt prince de Phalsbourg, son favory, à charge de réversion.

Bourgraff

Porte : d'argent écartelé de sable.

Maison esteinte, originaire d'Allemagne et vassalle de
Lorraine.

Bouffroimont

Porte : contrevairé d'or et de gueulles.

La maison de Bouffroimont est fort ancienne en Lorraine.

Le chasteau est situé à trois lieues de la Mothe, ville
autrefois très forte et razée entièrement depuis ces guerres
par ordre du Roy, à la réserve d'un hermitage qui y est
resté.

Avant l'an 1400, deux frères de la maison de Bauffroimont firent partage de leurs biens. L'aîné emporta les ba-
ronnies de Bauffroimont et de Ruppe, le puisné eut d'autres
terres scizes en Bourgogne. Les branches des seigneurs de
Senecey et des seigneurs de Soye en sont yssus. L'aisné
qui estoit Philbert de Bauffroimont ne laissa que des filles
d'Agnès de Jonvelle, sa femme, et entr'autres Jeanne de
Bauffroimont dame dudit lieu, qui espousa Guillaume
comte d'Arberg, de ce mariage sortit Jean comte d'Arberg,
baron de Bauffroimont, qui de Louise de Neufchastel sa

femme eut Claude comte d'Arberg et de Valengin, et baron de Bauffroimont lequel espousa Guillemette de Vergy d'où sortit une fille unique Louise d'Arberg, femme de Philbert comte de Challant. René de Challant leur fils ayant espousé Marie de Portugal-Bragance n'eut pour tous enfans que Philberte de Chalant femme de Joseph de Tornyelle, lequel devint aveugle et Ysabeau de Challant femme de Jean-Frédéric de Madruce, comte d'Arc qui partagèrent la baronnie de Bauffroimont.

Bourlémont

Porte : facé d'argent et de gueulles de huit pièces.

Cette maison est fort ancienne. Environ l'an 1430, l'un de la maison d'Anglure espousa l'héritière de Bourlémont, dont naquit Simon d'Anglure, seigneur d'Estauges et de Bourlémont qui a transmis à sa postérité jusqu'à maintenant laditte seigneurie de Bourlémont, laquelle est aujourd'huy possédée par ses descendans. Bourlémont est assis, prez de Neufchasteau, à une lieue de la Mothe. Deffunt Claude d'Anglure en estoit seigneur et avoit espousé Angélique d'Aiautte fille de Louis comte d'Aiautte et Chasteauvillain et d'Anne d'Aquaviva, qui ont aussi pour fils le Marquis de Gy, l'abbé de Bourlémont possède l'abbaye de Béchamps du costé de Lunéville. Le pape Urbain VIII estoit de la maison d'Aiautte et a gratifié de plusieurs bienfaits les sieurs de Bourlémont ses parens et le deffunt père Aquaviva, mort général de l'ordre des Jésuites était aussi leur parent.

Bourmont

Porte : d'or à la teste arrachée d'un lyon de gueulles, lampassée de mesme, dentée, allumée, couronnée d'argent.

Maison esteinte. La seneschaussée de Bourmont est du bailliage du Bassigny lorrain, ressort du parlement de Saint-Mihiel. Annexée au domaine de Lorraine.

Boutillier de Senlis

Porte : écartelé au premier et dernier d'or et au 2 et 3 de
gueulles.

Cimier : une pucelle nue ayant la perruque éparpillée,
levant le bras dextre et le senestre reposant sur l'estomach.

Il y a plusieurs Bouttillier. Ceux de Senlis sont de la
vraye et très ancienne maison de Bouttillier. Ils vindrent
s'habituer en Lorraine, lorsque Claude de France, fille de
Henry II espousa Charles III duc de Lorraine, l'an 1559.
Gérard de Bouttillier suyvit cette princesse et fut depuis
seneschal de Lorraine. Il espousa Barbe de Housse, de
laquelle il a eu plusieurs enfans, et entre autres deux fils
dont l'aisné, seigneur de Bouvigny, mourut fort vieil, sans
avoir esté marié. L'autre fut Daniel de Bouttillier seigneur
de Vigneules et de Ranzieres qui d'Eve de Ludres sa femme,
laissa Paul de Bouttillier marit d'Antoinette de Haraucourt
lesquels ont laissé plusieurs enfans.

Bouvigny

Porte : palé d'argent et de sable.

La terre de Bouvigny est assize dans la chatellenie de
Sancy duché de Bar. Environ l'an 1500 N. de Fasselet
espousa l'héritière de Bouvigny de laquelle il n'eut que
Clémence de Fasselet, femme de Henry de Housse, d'où
sortirent entre autres enfans, Barbe de Housse mariée à
Gerard de Bouttillier de Senlis, seneschal de Lorraine, la
postérité duquel possède aujourd'huy, Bouvigny, Vigneulx,
Ranzieres, Boulange et Moucy en la vallée de Montmorency.

Bouxiers

Porte : losangé d'argent et de sable.

Maison esteinte.

Bouxières aux chênes estant venu au domaine fut donné
à charge de réversion au grand maistre Hardy de Tillon
par le duc Antoine.

Bouzey

Porte : d'or à un lyon de sable.

Cimier : un lyon de l'escu.

La maison est esteinte de plus de cent cinquante ans et est différente de celle de Bozey en France, dont il se voit un épitaphe en l'église du village d'Estauges. Mais comme feu Mangin Seullaire fils de Claude Seullaire de Sandacourt, annobly le 14 juin 1486 avoit acquesté la seigneurie de Bouzey en Vosges avec Edeline de Salvan, sa seconde femme, Jean son fils prit le nom et les armes de Salvan. François fils de Jean continua, se qualifiant honoré seigneur, aux assises de Vosges à Mirecourt, comme gentilhomme ou quatrieme noble. Chrestophe fils de François quitta le nom et les armes de Salvan et prit ceux de Bouzey et ses pères et ayeux. Se trouvant avoir esté mariés à des filles de l'ancienne chevallerie, il entra dans l'assize de Nancy, où il fut reçu sous le nom et les armes de Bouzey, quoyqu'il le pust estre sous le nom et les armes de Seullaire, sa veritable origine et extraction paternelle.

Brandscheidtt

Porte : de gueulles à trois crampons d'argent posés 2 et 1.

Maison esteinte, vassale de la Lorraine à cause de quelques fiefs, sciz au bailliage d'Allemagne, possédés autrefois par des seigneurs de Brandscheidtt, village sis au duché de Luxembourg, frontière de Lorraine.

Brandenburg ou Brandebourg

Porte : de gueulles à l'escusson d'argent.

Maison fort ancienne au duché de Luxembourg voisine de la ville et comté de Vianden, qui n'est point parente du Marquis de Brandebourg. La branche de l'aisné de laditte maison est esteinte, il y a fort longtemps, et se trouve que le dernier de cette branche fut Gottardt de Brandebourg,

qui de Marguerite de Dollendorff, n'eut qu'Anne de Brandebourg son héritière universelle, qui espousa l'an 1429,
Simon seigneur de Fenestrange duquel elle n'eut que Marguerite de Fenestrange, héritière fort riche, mariée l'an 1461
à André de Haraucourt aisné de sa maison, qui ne laissa
qu'Anne de Haraucourt femme de Jean Comte de Salm,
duquel sortit Chrestienne héritière universelle de la maison de Salm laquelle espousa, l'an 1597, François II de
Lorraine, lors surnommé Comte de Vaudémont, qui vendit,
l'an 1628, la baronnie de Brandebourg au colonel Bauer et
à Stassin 55,000 rigsdalz. Les puisnés de la maison de
Brandebourg ont duré fort longtemps. Le dernier qui avait
espousé une femme de la maison de Mercy mourut environ l'an 1624 ne laissant que trois filles mariées au sieur
d'Argenteau, de Mercy et de Lutzelbourg.

Braubach

Porte : d'argent à une aigle éployée de synople.

Maison originaire d'Alsace habituée dès longtemps en
Lorraine, où elle a possédé dans le bailliage d'Allemagne
entre autres terres les seigneuries et chasteaux de Dilling
et de Heligmer avec plusieurs villages qui en dépendent.
Le dernier du nom et des armes de Braubach fut N. de
Wiltz, qui de sa femme sœur du conte de Wiltz, gouverneur de Thionville, n'a laissé que trois filles. L'une abbesse
de Lautern, abbaye de dames de l'ordre de Saint Benoist,
située sur le bord de la rivière de Sar près de Vaudrevanges en Lorraine. La seconde mariée à N. de Choiseul,
baron de Beaupré. Et la troisiesme à François de Savigny,
baron de Lémont de laquelle il n'a laissé que N. de Savigny fille héritière qui a espousé François de Lénoncourt,
marquis de Blainville.

Brexey

Porte : facé d'or et d'azur de huit pièces, brisé au premier quartier d'argent chargé d'une clef de gueulles posée en pal.

Gratian de Brexey, seigneur de Fontenoy lez Gondreville, ne laissa qu'une fille laquelle, environ l'an 1530, espousa Philippe d'Igny, seigneur d'Angluz, gentilhomme du comté de Bourgogne, la postérité duquel possède encore aujourd'huy ledit Fontenoy.

Briey

Porte : échiqueté d'or et de sable de huit pièces.
Maison esteinte.

Briey (Comté)

Porte : d'or à trois pals de sable.

Maison illustre et très ancienne esteinte de fort long-temps. Les château, ville, comté et prévosté de Briey sont à présent du domaine de la Lorraine, sciz au bailliage de Saint-Mihiel entre Metz, Thionville et Longwy de quatre lieues de distance l'un de l'autre.

Brombach

Porte : fretté d'or et de gueulles, à la face d'or brochant sur le tout.

Maison originaire du pays du Rhin. Le feu comte de Brombach demeuroit souvent en Lorraine au bailliage d'Allemagne où il avait des terres. Il y a Braubach et Brombach, maisons différentes.

Bron

Porte : d'or à la face de gueulles chargée à droite d'une estoile d'argent, au lyon naissant de sable, armé, lampassé et allumé de gueulles en chef.

Jean de Bron seigneur de Pierrefort et Margueritte de Lenoncourt sa femme, ne laissèrent que Claude de Bron leur fils unique lequel mourut sans avoir esté marié, fut le dernier de son nom et de ses armes. Il mourut environ l'an 1625. Il eut pour héritier Louys de Lenoncourt.

Brouch

Porte : d'azur à la croix d'argent.

Maison esteinte (1).

Du Buchet vulgairement des Buchets

Porte : d'azur à quinze billettes d'or posées 5, 4, 3, 2 et 1.

Cimier : une aigle éployée d'azur, parsemée de billettes de l'escu, membrée d'or.

La maison du Buchet originaire des confins du pays de Liège et comté de Namur s'est habituée en Lorraine environ l'an 1535. François du Buchet fut le premier qui y establit sa demeure et lequel d'Anne de Gournay sa femme eut Jean du Buchet, seigneur d'Ajoncourt et de Mailly, qui ayant espousé Charlotte de Boulland, a laissé Georges du Buchet seigneur d'Ajoncourt, et Robert du Buchet, seigneur de Mailly, qui vivait encore l'an 1642, ayant plusieurs enfans. Louyse du Buchet espousa feu Nicolas de Nogent, vivant seigneur de Neuflotte.

Buffegnécourt

Porte : de sable à la bande d'argent.

Cimier : une teste de morin, tortillée d'argent.

Jean de Buffegnécourt, seigneur de Damelevière maistre d'hostel de Margueritte de Gonzague, vivant duchesse douairière de Lorraine, et gouverneur de Blàmont n'a laissé de N. de Merlet sa femme que N. de Buffegnécourt son fils décédé l'an 1641, le dernier de son nom et qui n'a laissé que des filles en bas âge de N. de Villars, sa femme.

Bulegneville ou Bulgneville

Porte : d'or à trois pals de gueulles, au baston d'azur brochant sur le tout péry en bande.

---

(1) Nous croyons qu'il s'agit de la maison de Bouch (Boucq), dont les armoiries sont connues par un sceau (Ed. des R.)

Maison très ancienne esteinte de longtemps. Le dernier n'eut qu'une fille mariée à la maison du Chastelet qui a possédé plus de trois cents ans cette terre située en la châtellenie de la Motte, bailliage de Saint-Mihiel, car Erard du Chastelet mareschal de Lorraine est déjà qualifié seigneur de Cirey et de Bulgnéville au traité de mariage de Jeanne sa fille avec Jean de Germiny de l'an 1348.

Busency

Porte : burellé d'or et de gueulles.

La maison de Busency est esteinte de fort longtemps et à présent possédée par Claude d'Anglure seigneur de Bourlémont, à cause du mariage d'Antoinette d'Aspremont qui estoit mariée à René d'Anglure père grand dudit sieur de Bourlémont, les enfans duquel possèdent Busency depuis son décès. La maison d'Aspremont avoit eu ce village avec d'autres d'un duc de Lorraine, en luy donnant par eschange la ville de Dung.

Camasier

Porte : d'azur à un éperon d'or, en chef deux roses d'argent et en pointe une d'or.

Maison esteinte.

Carelle

Porte : d'azur au lyon d'or tenant une hallebarde d'argent.

Le feu sieur de Carelle est mort bailly d'Allemagne au duché de Lorraine.

Ceilly

Porte : gyronné de gueulles et d'argent de seize pièces, sur le tout d'argent.

Maison esteinte de longtemps scyze à trois lieues de Metz les sieurs de Jandelaincourt héritiers de Louys Durand, vivant demeurant à Nomeny, qui en fit l'acquisition la possèdent encore aujourd'huy, mais elle est partagée en trois portions.

Chahaney

Porte : d'argent à deux lyons léopardés de sable.

Cimier : un cygne naissant d'argent, menbré d'or.

La maison de Chahanay est originaire du pays d'Anjou et commença de s'habituer en Lorraine lorsque Isabeau de Lorraine espousa René d'Anjou, l'an 1420. Antoine de Chahanay qui vivait encore l'an 1560 fut le dernier de son nom et de ses armes de la branche de ceux qui s'habituèrent en Lorraine et lequel ne laissa d'Aliénor de Dommartin son espouse que Madelaine de Chahanay sa fille qui espousa Philippe de Roucels seigneur de Varnéville, père de Nicolas de Roucels seigneur dudit Varnéville.

Chalant

Porte : d'argent au chef de gueulles, au baston de sable brochant sur le tout.

Maison originaire de Savoie. Philbert, comte de Chalant fut fait seigneur de Bouffroimont par le mariage d'entre luy et Louyse, comtesse d'Arberg, baronne de Bouffroimont, de laquelle il eut René, comte de Chalant baron de Bouffroimont mareschal de Savoie, qui, de Mante ou Mentie de Portugal-Bragance, sa femme, ne laissa que deux filles, Philberte femme de Joseph, comte de Tornyelle et Isabeau, femme de Jean Frederich de Madruce, comte d'Arc.

Chambley

Porte : de sable à la croix d'argent accompagnée de quatre fleurs de lys d'or.

Cimier : une tête de licorne d'argent.

François de Chambley, seigneur dudit lieu, dernier mâle de son nom et de ses armes mourut environ l'an 1490 et de Marie Bayer de Boppart sa femme ne laissa que Blanchefleur de Chambley sa fille unique, espouse de Perrin de Haraucourt, seigneur de Magnière, auquel elle apporta la seigneurie dudit Chambley que les descendans de Perrin de

Haraucourt possèdent encore aujourd'huy. Un duc de Lorraine a donné par patentes au premier seigneur de Chambley qui vint et s'habitua en Lorraine et à tous ceux qui posséderont cette terre, scize au bailliage de Saint-Mihiel, les privilèges de l'ancienne chevalerie. Cette maison a deux branches, Chambley de Haraucourt et Chambley de Germiny, qui sont branches du nom (quoique d'autre famille) à présent esteintes, n'y ayant que des filles de l'une et de l'autre. Car pour les branches et la souche des anciens de Chambley il y a longtemps qu'elles sont esteintes.

Chanexey

Porte : d'azur au chef d'or, paré d'un lyon naissant, armé, lampassé et couronné d'azur ou de gueulles.

Maison esteinte.

Chardonne

Porte : de gueulles à cinq annelets d'argent posés en sautoir, au lambel d'azur à trois pendants sur les deux premiers.

Maison esteinte scize au Barrois appartenant présentement au marquis de Blainville, à cause de N. de Savigny-Lémont sa femme.

Charmes

Nous n'avons pu encore découvrir le blason des armes de ces anciens Comtes de Charmes sur Mozelle scize à 7 lieues de Nancy (1).

La prévosté de Charmes consiste en la ville de Charmes et plusieurs villages. Laquelle ville a esté bruslée en partie pendant cette guerre. Néantmoins il est constant qu'il y avoit encore des comtes de Charmes en 1150, car Mathieu, comte de Toul, troisième fils de Mathieu I duc de Lorraine épousa Biétrix fille et héritière de Rodolphe dernier

---

(1) Charmes porte : d'or, à l'épervier de sable. *Chevalerie lorraine*, par le Dr P. Digot. Nancy, 1887.

comte de Charmes. En suite de quoy le comté est obvenu
à la maison de Lorraine et uni au domaine. La Moselle,
en cet endroit, porte un poisson appelé *Aucon*, qui ne se
trouve point ailleurs qu'en Savoie, où on l'appelle l'ombre.
Il est excellent et plus ferme que la truitte.

Chastel

Porte : d'argent à une vivre de gueulles mise en fasce.
Maison esteinte.

Chastel-sur-Mozelle

Porte : d'or au lyon de sable lampassé, allumé et couronné de gueulles.

Maison esteinte.

Les ville chasteau et bailliage de Chastel sur Mozelle,
attribués au ressort du parlement de Saint-Mihiel par le
feu duc Charles III, sont assis sur le bord de la Moselle à
deux petites lieues de Charmes et trois d'Epinal. Le nom et
les armes de cette maison sont esteints, il y a plus de
320 ans. Henry de Joinville, cinquiesme du nom, comte de
Vaudémont, n'ayant laissé que deux filles, l'aisnée appelée
Margueritte espousa Ferry de Lorraine, frère puisné de
Charles II, et Alix de Vaudémont la plus jeusne espousa
Thiébaut de Neufchastel, mareschal de Bourgogne, à qui
elle apporta les terres de Chastel et de Bainville. Claude de
Neufchastel eut pour filles et héritières, Elizabeth mariée en
premières nopces à Félix, comte de Werdenberg et en
secondes nopces à Thierry, comte de Manderscheitt, dernier seigneur de Chastel, faute d'hoirs. Du temps du duc
Charles III, certains comtes allemands prétendent quelques drois audit Chastel ; ce prince les conteste et retient
leur déport ainsy. La race desdits seigneurs de Chastel a
duré jusqu'au duc René II qui a réuni le tout à son domaine de Lorraine (Voy. le mot Vaudémont.)

Chastelet

Porte: d'or à une bande de gueulles chargée de trois fleurs de lys d'argent.

Cimier: une couronne d'or sommée d'un duc de même, ayant les ailes estendues chargée des armoiries de l'escut, membré et couronné d'or.

Supports : deux griffons partis d'or et d'argent, environnés d'un mantelet de gueulles semé de fleurs de lys d'argent et doublé d'hermine. Le nazail taré de front.

Feu M. du Chastelet vivant mareschal de Lorraine et le défunt marquis de Trichasteau, son fils, estoit de cette maison. Le marquis se maria en Flandres à une fille de la maison des comtes d'Egmont. Messieurs du Chastelet disent être yssus d'un cadet de Lorraine et que les ducs ne voulant pas en demeurer d'accord ny leur permettre de porter les trois alérions, un Roy de France leur permit de porter les trois fleurs de lys d'argent, tout le reste estant semblable à l'escusson de Lorraine.

Le village et chasteau du Chastelet, proche de Neufchasteau, appartiennent présentement aux enfans de feu George African de Bassompierre, marquis de Removille.

Chastenoy

Porte : de gueulles à trois testes de léopards d'or posées 2 et 1.

Maison esteinte de fort longtemps, et la ville et prévosté de Chastenoy unies au domaine de Lorraine ; aussy étoit-ce autrefois la demeure des ducs et puis Amance, lorsque Nancy n'estoit qu'un village et un chasteau et enfin ledit Nancy estant échangé contre le village de Lenoncourt près de Saint-Nicolas et enserré de murailles, le duc Ferry se logea où est à présent basty le monastère des dames précheresses (en la grande place de Saint-Epvre). Puis ses successeurs bastirent pour leur palais la maison où demeure le grand Receveur en la rue de l'Estrapade et enfin le duc René II fit bastir le chasteau de la cour qui depuis a servy de demeure au ducs.

Il y a une autre maison de Chastenoy de Mandres et une de Chastenoy de Nancy, originaire de la ville de Chastenoy laquelle porte : d'or à l'arbrisseau de synople. Le feu sieur de Chastenoy d'Armaucourt vivant conseiller d'Estat ordinaire et résident pour le duc de Lorraine en Cour de Rome estoit de cette maison et n'a laissé que des filles. Georges et Chrestien de Chastenoy furent déclarés gentilshommes le 6 septembre 1593 et Alexandre le fut en 1625.

Chaufour

Porte : facé d'or et de sable de six pièces.
Maison esteinte.

Chaufour-lez-Stenay

Porte d'argent au chef de gueulles, chargé de deux quinte-feuilles d'argent boutonnés d'or.

Maison scituée en la chastellenie de Stenay fort ancienne et esteinte de longtemps. La dernière du nom et des armes estoit Catherine de Chauffour, femme de Gérard de Haraucourt seneschal de Lorraine. Ils vivoient l'an 1450 et laissèrent pour fils André de Haraucourt seigneur de Brandebourg et Guillaume de Haraucourt évesque de Verdun.

Chauvirey

Porte : d'azur à la bande d'or accompagné de sept billettes de mesme, quatre en fasce posées 1 et 3 et trois en pointe.

Maison originaire du duché de Bourgogne et habituée en Lorraine où elle s'est alliée aux maisons de noblesse, dont est yssu le baron de Chauvirey.

Cherisy

Porte : d'azur au chef d'argent, chargé d'un lyon naissant de gueulles.

Maison éloignée de quatre lieues de Pont-à-Mousson et de trois lieues de Metz, aujourd'hui possédée par un gentilhomme du nom et des armes, dont il y a encore une autre branche qui sont les seigneurs de Mesnil-la-Tour, au comté de Toul, lesquels à cause de cette terre sont premiers pairs dudit comté.

Chesney

Porte : d'azur à trois besants d'argent, au chef de mesme chargé d'un lyon naissant de gueulles, armé, lampassé et couronné d'azur.

Maison esteinte.

La Chesney étoit gentilhomme au deffunt chevallier de Bar, mais il n'a point fait de preuves qu'il est yssu de cette maison.

Chievresson

Porte : facé d'or et d'azur de huit pièces, au canton de gueulles chargé d'un aigle d'argent.

Maison ancienne, originaire de Metz, esteinte des longtemps.

Choiseul

Porte : d'azur à la croix d'or, cantonné de dix-huit billettes de mesme, dix en chef et huit en pointe.

Cimier : trois roseaux au naturel.

Maison, très ancienne, dont il ne reste presque plus que Charles de Choiseul, comte du Plessis-Praslin, gouverneur de Monsieur frère unique du roy, baron de Beaupré et le baron de Meuvy ou de Meuse, qui a pour fils le marquis de Germay. Sa femme est de la maison de Florainville, mère dudit marquis et riche héritière. Il demeure en son chasteau de Sorcy sur le bord de la rivière de Meuze, où il l'a fait bastir à la moderne, et dedans son jardin quantité d'espaliers, canaux, grottes et statues. Il y avait autrefois de cette maison la branche de Choiseul du Plessis-Praslin, celle de Choiseul d'Aigremont, celle de Choiseul de Meusy ou de

Meuse, celle de Choiseul de Clémont, celle de Choiseul
de Beaupré, l'on doute si Choiseul-d'Ische en est. Le
Bassigny a une contrée appelée le Val de Choiseul sur la
frontière du Barrois, d'où cette maison a tiré son origine
et leur nom de Meuze vient d'un village de Meuze, scis vers
la source de la rivière du même nom.

Cicon

Porte : d'azur à la face de sable (1).

Le sieur de Richemont abbé de Saint-Epvre près Toul et
l'abbesse de Bouxières-aux-Dames-lez-Nancy, sont de cette
maison très ancienne.

Circourt

Porte (2).
Maison esteinte.

Clémery

Porte : d'azur à l'aigle d'or, coupé d'argent.

Le village de Clémery est du costé de Clermont, possédé
par la maison du Hautoy. René de Clémery, marit de Françoise de Gournay, vivait encore l'an 1550.

Clémont

Porte : de gueulles à la clef périe en pal d'argent.

Clémont est une baronnie scituée entre les villes de
Langres et de Neufchasteau. La maison et le nom sont
esteints, il y a longtemps. Le dernier du nom et des armes
de la branche de l'aisné, ne laissa qu'une fille qui fust

---

(1) Les armoiries exactes sont : d'or à la fasce de sable. *Histoire
généalogique de la maison du Chastelet*, par Dom Calmet, MDCCXLI,
p. 67.

(2) Porte : d'argent mi-parti de gueules, à deux pals de même en
pointe, à senestre accompagné en canton d'une tête de bélier de sable
et à dextre à la tige de sinople, fleuronnée de deux roses de gueules,
surmontée d'un corbin de sable (Cayon).

mariée à un seigneur de la maison de Choiseul, de la branche d'Aigremont, la postérité duquel a possédé ladite terre prez de deux cents ans. Le dernier de cette branche d'Aigremont a esté René de Choiseul, qui de Marie Elisabeth Bayer de Boppart, sa femme, n'a point laissé d'enfans. Ses sœurs luy.ont succédé en la seigneurie de Clemont et en ses autres biens ; l'un d'icelle estoit Claire de Choiseul, vefve de Claude de Lisseras, seigneur d'Anderny, mort depuis quelques années.

Clermont

Porte : de gueulles, au chef d'argent.

C'est la maison de Clermont en Argonne, comté enclavé au duché de Bar, dépendant de la Lorraine et uny au domaine, tenu avec la prévosté de Stenay, par le prince de Condé, à qui le Roy l'a donné, par engagement, depuis la guerre.

Cette maison n'a rien de commun avec celle de Clermont en Auvergne, qui compose une des lignes de la maison de Bourbon, et est esteinte de plus de quatre cents ans. Il se fait du cristal au comté de Clermont en Argonne, qui est érigé en bailliage, grande Gruyerie. Ressort du parlement de Saint-Mihiel par attribution.

Colort de Linden

Porte : de gueulles au massacre d'or.

Maison originaire du duché de Gueldres. Le premier de ce nom vint en Lorraine avec Christine de Danemarck l'an 1540, mariée avec le duc François Ier. Il s'appelait Arnoud Colort de Linden et espousa Margueritte d'Einville et n'en eut qu'une fille mariée avec N. de Triconville, de laquelle il a eu deux fils et trois filles. L'aisnée des filles avoit espousé Robert du Buchet, seigneur de Mailly, la seconde le sieur de Faltan au duché de Bourgogne et la troisième a été religieuse à Tiffertanges. Le fils aisné, sieur de Besonvaut, n'a qu'une fille de Marie d'Eltz, sa femme et le second fils n'a point d'enfans de N. Chevers sa femme.

Commercy

Porte : d'azur semé de croix pommettées aux pieds fichées d'argent.

Maison esteinte de très longtemps. La ville de Commercy est scituée sur le bord de la Meuze, à trois lieues de Saint-Mihiel, ancien domaine de Lorraine, jusqu'à ce que le duc René II, donna cette terre pour récompense à Campo-Basche seigneur Bourguignon qui quitta le duc Charles de Bourgogne son maitre et se vint rendre à René avec le corps de cavallerie qu'il commandoit, mais ce don fut fait à charge de réversion faute d'hoirs masles. Terre aliénée par Campo-Basche au proffit de la maison de Sarbruche, d'où le duc Charles III acquit le droit de la maison de Rochepot, depuis du Fargis, et à présent de Retz qui cesse d'y avoir droit puisqu'il ne reste aucun hoirs masles ou femelles dudit Campo-Basche. On appelle vulgairement ces seigneurs les damoyseaux de Commercy, pays incomparable pour le labourage et le bestail.

Conflans

Porte : d'azur semé de billettes d'or, à un lyon de mesme et une cotice de gueulles brochant sur le tout, périe en bande.

Maison esteinte et autrefois illustre. Il y a ville et chasteau. La prévosté de Conflans est une des quatre qui meuvent en fief de la couronne de France au baillage de Bar.

Crancts de Geypoltsheim

Porte : de gueulles au capuchon de chartreux d'argent.

La maison de Crancts de Geypoltsheim est originaire d'Alsace laquelle autrefois a possédé au bailliage d'Allemagne sous la chastellenie de Dieuze plusieurs belles

terres, entre autres, Heligmer qu'une fille héritière de
Crancts apporta par mariage à un seigneur de la maison
de Braubach. On tient qu'autrefois ladite maison de
Crancts a porté d'autres armes, mais qu'estant réduitte à
un chartreux profès, il eut absolution de ses vœux et permission du pape de se marier, à condition que luy et ses
descendans porteraient de gueulles à un chapperon de
chartreux. Il y avait un chevalier Crancts ou Crance, au
service du duc Nicolas d'Anjou en Lorraine qui fut tué
dans Metz y faisant entrer des soldats dans des tonneaux,
par des chars, avec des embuscades aux portes.

Créhange

Porte : d'argent à la face de gueulles.

Maison très ancienne. Créhange est un fief, mouvant
anciennement de l'Empire, sciz ès confins de Lorraine et
d'Allemagne. Ceux de cette maison possèdent de grands
biens en Alsace, au duché de Luxembourg et en Lorraine
et sont alliés de fort longtemps aux maisons des Comtes
de l'Empire. Il y en a plusieurs branches en Lorraine,
comme Créhange de Hambourg, Créhange de Puttelange
et Créhange de Baucourt. Peter Ernest comte de Créhange,
qui estait bailly d'Allemagne en Lorraine, avait espousé
Margueritte de Coligny, fille du feu marquis d'Andelot,
chevalier des ordres du Roy.

Creincourt

Porte : d'argent à deux lyons léopardés de gueulles,
armés, lampassés et couronnés d'or.

Cimier : une tour d'argent.

Maison esteinte et fort ancienne, scize à une lieue de
Nomeny. La dame de Baillivy vefve d'un maitre des requestes de Lorraine est yssue de cette maison par son ayeulle.

Crewe

Porte : d'or à la croix de sable.

La maison de Crewe scize aux environs de St-Mihiel est esteinte, de très longtemps, et estoit possédée par la dame d'Anderny, morte depuis quelques années.

Crouÿ

Porte : d'argent à trois faces de gueulles, écartelé d'argent à trois douloirs de gueulles, deux adossés et l'autre en pointe qui est de Renty.

Maison de Flandres.

Cuminiers

Porte : d'or à la face d'azur, accompagné en chef de trois annelets de gueulles.

Maison esteinte de bien longtemps. Scize en la prévosté des Montignons, bailliage de Clermont, à présent possédé par N. de Burges, sieur de Cuminières, président de la Chambre des Comptes de Bar.

Cussigny

Porte : de gueulles à une face d'argent, chargée de trois escussons d'azur.

Les sieurs de Vianges sont du nom et des armes de Cussigny, maison des confins des duchés de Bourgogne et de Champagne, alliée à la maison de Bassompierre par le mariage de N. de Cussigny, sieur de Vianges avec N. de Bassompierre, fille de François de Bassompierre seigneur dudit lieu et d'Haroué, bailly de Vosges et de Margueritte de Donpmartin. Les barons de Vianges demeuroient souvent en Lorraine, en temps de paix, étant héritiers de la baronnie de Goin, bailliage de Nancy près Metz par la mort du feu comte de Marcossey, estant ainsy vassaux de Lorraine.

Custine

Porte : écartelé au premier et dernier d'argent à une bande de sable accompagnée de part et d'autre d'une cotice de mesme ; au second et troisiesme de sable semé de fleurs de lys d'argent qui est de Lombus.

Cimier : un vol de l'escut.

Maison originaire du pays de Liège, sur les confins du comté de Namur, establie par mariage en Lorraine. Le dernier qui s'y maria fut Martin de Custine lequel espousa Françoise de Guermange, fille unique et héritière d'Hanus de Guermange et d'Alix de Liocourt, dont sortirent deux enfans et l'un desquels s'appeloit Adam de Custine sieur de Guermange, Villy, Pontigny, qui d'Anne de Roucel sa femme a laissé neuf ou dix enfans entre autres Jean de Custine, seigneur de Bioncourt, de Brin, Arée et la Grand-ville, marié à Dorothée de Ligniville, d'où sont yssues deux filles qui luy ont succédé. L'une mariée à Ferry de Haraucourt, bailly de Nancy, l'autre au baron Lambertye. Il y a encore une autre branche de Custine sieur d'Aufflance qui a ses biens et demeurance au duché de Luxembourg.

Dagsbourg

Porte : d'argent au lyon de sable, à l'escarboucle d'or brochant sur le tout, à la bordure de gueulles.

Château scitué sur une haute roche, au milieu d'une grande forest, qui sépare l'Alsace d'avec la Lorraine. Maison esteinte, à présent possédée par les comtes de Linanges.

Dalheim

Porte : d'argent à la face vivrée d'azur.

Il y a pour le moins cent quarante ans, que cette maison scituée en l'office de Sierck, est esteinte. Le dernier du nom et des armes ne laissa qu'une fille mariée à Jacques de Haraucourt, bailly d'Allemagne, environ l'an 1521, dont la postérité a jouy, sans discontinuation de cette terre qui est encore aujourd'huy possédée par Haraucourt d'Acraigne, marquis de Fauquemont.

Damas

Porte : d'or à la croix ancrée de gueulles.

Maison originaire du Nivernais qui s'appelait Chastillon, avant le voyage d'Outre mer, et portait d'or au lyon de gueulles. Mais d'autant qu'ils voyagèrent ils conquirent la province d'Amasie, ils prirent le nom et les armes de Damas. Il y en a plusieurs branches la plupart desquelles ont leurs biens en Nivernais et ès confins du duché de Bourgogne. Ceux qui sont de la branche de St-Riran possèdent de beaux biens en Lorraine obvenus par une fille héritière de la maison d'Anglure mariée à un seigneur de la maison de Damas. Cette dame de St-Riran avait encor une sœur nommée Renée d'Anglure femme de Gaspard de Ligniville comte de Tumejus, gouverneur de Bitsch. Elles estoient filles et héritières d'Henry d'Anglure, seigneur de Melet, grand maistre et chef des finances de Lorraine et de Claude de Mailly. L'abbesse de Poussay près Mircourt est de cette maison. Les dames de son abbaye sont chanoinesses séculières, qui peuvent se marier, et n'y sont apprébendées et reçues qu'en faisant preuve de quatre lignes de noblesse paternelle et quatre lignes de noblesse maternelle jurées, outre ce, par trois gentilshommes bien reconnus.

Damlevière

Porte: d'or à une bande de gueulles brisée d'une estoile d'or.

Maison esteinte de fort longtemps, assize sur la Meurthe, dans la chastellenie de Rosières-aux-Salines. La seigneurie de Damlevière, appartient aujourd'huy pour partie à Béatrix-Françoise de Buffegnécourt, dernière de son nom et de ses armes, fille mineure d'ans, de feu Claude de Buffegnécourt et de N. de Villars. Le surplus de ladite seigneurie dépend du marquisat de Blainville.

Dargiet

Porte : d'or au lyon de sable naissant d'abysme.
Maison esteinte.

Darnieul

Porte : d'or à la barre de gueulles, chargée de trois alérions d'argent.

Maison esteinte de longtemps scituée au bailliage de Chastel-sur-Moselle et possédée aujourd'huy par le sieur Pellegrin de Villeroncourt, seigneur dudit lieu.

Daugier

Porte : d'azur à la face d'or, accompagnée de trois merlettes d'argent 2 et 1 et chargée à droite d'une estoile de gueulles.
Maison esteinte.

Daun

Porte : de gueulles fretté d'argent.

Maison d'Allemagne de laquelle sont yssus les comtes de Falkenstein qui de longtemps ont possédé de grands biens en Lorraine, nommément au bailliage d'Allemagne, estant pour ce vassaux de Lorraine, où ils faisaient souvent leur demeure avant la guerre.

Daun Marchalest

Porte : d'argent fretté de gueulles.

Maison esteinte, originaire d'Allemagne, dont une branche s'était habituée en Lorraine.

Daun Oberstein

Porte : d'or fretté de gueulles.

La maison des comtes d'Oberstein, du nom et des armes de Daun, est illustre et fort ancienne, alliée aux plus grandes maisons des comtes et barons de l'Empire. Ils possèdent encore plusieurs grands fiefs dans le bailliage d'Allemagne et entre autres celui du Frawberg, pour lequel ils sont vassaux de Lorraine.

Desch

Porte : de gueulles à deux faces d'argent, la première chargée de trois et la seconde de deux tourteaux de sable. Maison esteinte.

Desche

Porte : facé d'argent et de gueulles de dix pièces, ce qui est burellé et onze hermines, 3, 2, 3, 2, 1.

Maison fort ancienne originaire de Metz. Agnès d'Esche fut la dernière de son nom et de ses armes, qui fut mariée en premières noces à Pierre de Beauvaux, seigneur de Panges, duquel elle n'eut qu'un enfant mort en bas âge. Elle espousa en secondes nopces Renaut de Gournay vivant chef du conseil de Lorraine et bailly de Nancy, duquel elle a eu plusieurs enfans.

Deullange

Porte : d'or à la face vivrée de gueulles, au lambel de quatres pièces d'azur en chef.

Cimier : un escusson des amoiries de l'escu, environné d'un vol de même.

Maison esteinte de longtemps, scituée au bailliage d'Allemagne où elle est appelée Dilling. La maison de Braubach la possède. Le dernier de laquelle ne laissa que trois filles de N. de Viltz sa femme, l'aisnée est abbesse de Lauther prèz Vaudrevange. La seconde a espousé le baron de Beaupré de la maison de Choiseul. La troisième espousa François de Savigny, seigneur de Lémont, qui n'a eu qu'une fille mariée à François de Lénoncourt, marquis de Blainville, auquel elle a apporté les seigneuries de Lémont et de Deullange.

Deully

Porte : burellé d'or et de sable. Maison esteinte.

La baronnie de Deully en Lorraine appartient, aujour-
d'huy, au comte de Brionne yssu de la maison de Tornyelle.

Dombasle

Porte: de sable semé de croix pommettées, au pied fiché
d'argent, à deux bars dentés et addossés de mesme.

La vicomté de Dombasle est scituée à trois lieues de
Nancy, entre Saint-Nicolas et Lunéville. La maison en est
esteinte, de longtemps, et présentement possédée par Ferry
de Haraucourt, baron de Chambley et bailly de Nancy.

Dompjulien

Porte : de sable à la croix d'or.

Maison esteinte.

Domjulien est un bourg sciz au bailliage de Vosges, avec
chasteau, droit de foire et de marchés, ruiné par la guerre
de la Ligue et réduit, dès lors, en village. Dans le terrier
ancien de Lorraine qui est au trésor des chartes du duc, et
dont il se void plusieurs copies, il est escrit : *Domjulien,
Bourg et Chasteau, Foires et Marchés.* Ferry II qui en estoit
seigneur l'eschangea contre la ville et saline de Rosières
qui appartenoit à la maison de Rosières appellée à présent
de Lignéville auquel eschange le village de Vittel fut compris avec le bourg de Domjulien, qui est à un quart de
lieue d'une ruine élevée comme une petite montagne, où il
se void encore un puits et quelques vestiges de fossés cou-
verts de terre et d'arbrisseaux appellé Montfort, parce que
c'estoit autrefois une ville de ce nom rasée sous Thiébaut
l'an 1308, pendant la guerre qu'il avoit contre Henri III,
comte de Vaudémont desfait en la bataille de Pulligny, et
dont les habitans se réfugièrent à Domjulien, possédé à
présent par les barons de Froville et de Saincheron.

Dompmartin

Porte: de sable à la croix d'argent.

Cette maison est de Dompmartin-sur-Vraine, au bailliage

de Vosges, baronie ancienne possédée à présent par le marquis de Bassompierre. Il ne reste plus aucun masle de laditte maison de Dompmartin ; mais la princesse de Salm à cause de feu Diane de Dompmartin, marquise d'Havrech, sa mère en est sortie et plusieurs seigneurs de Lorraine. François de Dompmartin, dernier du nom et des armes, mourut, l'an 1624, ne laissant de N. de Tinteville aucuns enfans. Cette maison avait esté divisée de longtemps en deux branches dont l'aisné Louys de Dompmartin décédé, environ l'an 1560, ne laissa de Philippe de la Marck, sa femme, qu'une fille très riche qui espousa Jean Philippe Rhingraff duquel elle n'eut que Claude Rhingraff, c'est à dire comtesse du Rhin, femme de Robert d'Aremberg, seigneur de Barbanson, qui espousa en secondes nopces Charles-Philippe de Crouy, marquis de Havrey ou Havrech, père de la princesse de Salm et du feu duc de Crouy. Il y a un autre village de Dompmartin, à cinq quarts de lieues de Nancy, près d'Amance, qui n'est pas une maison de nom et d'armes.

Doncourt

Porte : d'or à trois tourteaux de gueulles 2 et 1.
Maison esteinte, scituée au Bassigny ducal.

Dongeu

Porte : de gueulles à trois pals de vair, au chef d'argent brisé d'un corbin de sable menbré et becqué de gueulles.

Arrière fief de la baronnie de Vivier, ressort du parlement de St-Mihiel. Le village de Donjeu n'est distant que d'une demie lieue du chasteau de Vivier. La maison en est esteinte de si grande ancienneté qu'il n'en reste que le village et le nom.

Dung

Porte : de gueulles à trois pals de vair.
La ville et le chasteau de Dung sont assis sur le bord de la Meuze, entre Stenay et Verdun. Maison très ancienne

esteinte de fort longtemps. La maison d'Aspremont a possédé cette seigneurie, l'espace de plus de deux siècles, et enfin en fit eschange avec le duc de Lorraine contre la terre de Busency et autres villages.

Eberstein

Porte : d'argent à la quintefeuille de gueulles chargée en cœur d'une rose d'or.

Maison fort ancienne en Allemagne, qui de longtemps a eu de grands biens en Lorraine, nommément au bailliage d'Allemagne, à cause de quoy les comtes d'Eberstein sont vassaux de Lorraine.

Einville

Porte : d'argent à la bande engrelée de gueulles accompagnée de douze billettes de même, 3, 2 et 1, à commencer proche de la bande 6 en chef et 6 en pointe.

La prévosté d'Einville aux Jartz est du domaine de Lorraine, dépendant du bailliage de Nancy, ville et chasteau fort anciens accompagnés d'un parc voisin. La nourriture que l'on fait de quantité de jartz, c'est à dire d'oysons, èz environs de la ville l'a fait appeller, du vulgaire, Einville aux Jartz. La maison de ce nom qui estoit très ancienne est esteinte. Estienne d'Einville, seigneur d'Ohéville, Hincourt et Semibesange, dernier de la maison et des armes, qui pourtant n'estoit desjà plus seigneur d'Einville mourut environ l'an 1545 et ne laissa que deux filles de Catherine Pelegrin ditte de Remicourt, sa femme. L'une de ses filles feu Margueritte d'Einville, femme d'Arnoud Colort de Linden, et l'autre Madelaine d'Einville, femme de Nicolas des Fours, vivant capitaine et prévost d'Einville, Roger demeurant audit Einville prit ce nom et à présent ses descendants signent d'Einville, et s'appellent de Guéblange, seigneurie voisine de Marsal.

Eltz

Porte : d'argent au chef de gueulles chargé d'un lyon naissant d'or.

Très noble et ancienne famille du pays du Rhin. Il y a plusieurs du nom et des armes d'Eltz qui se trouvent dénommés dans le livre des anciens tournois et qui y ont assisté. Jacob d'Eltz, décédé l'an 1581, estoit archevesque de Trèves, depuis lequel archevesque plusieurs de cette maison ont possédé les principales dignités èz églises de Trèves, Mayence et Wirtzbourg. Le baron d'Eltz avoit quelques fiefs au bailliage d'Allemagne et partant estoit vassal de Lorraine.

St-Epvre

Porte : d'or party d'azur, à la bande d'hermine sur le tout.

Maison de bien longtemps esteinte, scituée à deux petites lieues de Nomeny.

Ernecourt

Porte : d'azur à trois pals d'or, au chef cousu d'azur chargé de trois estoiles d'or.

Maison du Barrois esteinte. Le feu sieur Pelegrin, dit de Remicourt, possédoit la terre d'Ernecourt de laquelle son père avoit pris le nom.

Espinal

Porte : d'azur à trois chevrons d'or au chef échiqueté d'argent et de gueulles de quatre traits.

Maison esteinte. Le bailliage d'Espinal est du domaine de Lorraine dès le temps du duc Jean.

Essey

Porte : gyronné d'argent et de gueulles de douze pièces, sur le tout d'argent.

Maison esteinte de longtemps, scize à un petit quart de

lieue de la ville de Nancy. Claude de Rivière bailly de
Nancy en estoit seigneur, l'an 1560, lequel ayant espousé
Margueritte de Mercy n'eut qu'une fille mariée à Claude
des Salles, seigneur de Gouécourt et dudit Essey, à cause
de sa femme. Quelque temps après le baron de la Routte
acquesta la ditte seigneurie laquelle après son décès fut
vendue par Charlotte de St-Blaise sa vefve et la dame de
Tavagny sa fille à Claude de la Forge.

Failly

Porte : d'argent à un rameau à trois feuilles de gueulles,
accompagné de deux merlettes affrontées de sable.

Cimier : un léopard naissant de gueulles environné d'un
vol d'argent et de sable.

Maison distinguée d'ancienneté en deux branches, du
grand et du petit Failly, deux villages scis en la chastellenie de Longwy. Arnoud de Failly seigneur dudit petit
Failly, de Louise d'Allamont, sa femme, ne laissa que Jacques de Failly décédé l'an 1640, qui de N. de Schawemburg,
sa femme, a laissé deux garçons. Le sieur de Vendières est
encore yssu d'une autre branche de Failly et c'est tout ce
qui en reste.

Faltan

Porte : de gueulles à l'aigle d'argent.

Maison originaire du duché de Bourgogne. Marc de Faltan s'habitua le premier en Lorraine l'an 1580, et fut bailly
de Nomeny. Il ne laissa point d'enfants de Madeleine Bayer
de Boppart, sa femme, auparavant vefve de Philippe de
Nourroy, seigneur de Pont sur Seille et de Serrières.

La Fauche

Porte : d'azur à deux léopards d'or.

Maison scize au Bassigny françois, près du val de Choiseul,
ancienne et esteinte de longtemps appartenant présentement à Henry de Lorraine, marquis de Mouy, par le décès

de Margueritte de Lorraine, sa tante, vefve d'Anne duc de
Joyeuse, pair et amiral de France, et en secondes nopces de
François de Luxembourg duc de Piney, desquels marits
elle n'eut point d'enfans.

Faulconcourt

Porte de...... à la bande de......
Maison esteinte de longtemps.

La terre de Faulconcourt est possédée par le sieur de
Mitry et scituée au comté de Vaudémont. L'an 1401 fut fait
partage entre Henry de Faulconcourt à cause d'Isabelle de
Stainville, sa femme, et Guy de Stainville, son frère, des
biens à eux délaissés par feu Guillaume de Stainville leur
père et partant l'an 1401 la maison de Faulconcourt n'estoit
pas encore esteinte.

Fay

Porte : d'or au chef de gueulles.

Maison originaire de France, esteinte par le décès de Pierre
de Fay seigneur de Basoille (maistre d'hostel de René de
Lorraine) lequel avoit espousé, l'an 1474, Alix du Chastelet,
fille de Pierre du Chastelet, seigneur dudit lieu, de Cirey,
de Deuilly et de Bulgnéville en partie.

Felin

Porte : d'hermines au lyon de gueulles, armé, lampassé
et couronné d'or, allumé de sable.

Maison esteinte de longtemps scize sur le bord de la
Seille à une lieue de Nomeny, mouvant en fief de la baronie de Viviers, partagée en deux parts dont l'une appartient au sieur de Genés et l'autre au sieur Hellot. La maison
de Champy et de Chevry portent les mêmes armes que
Felin.

Fench

Voir Fontoy qui s'appelle Fench en allemand.

Fenestrange ou Festingen ou Vestinga

Porte : d'azur à une face d'argent.

Cimier : une teste de chien courant d'argent accollé d'azur bordé et cloué d'or.

Maison esteinte et illustre.

Jean de Fénestrange, seigneur de cette grande terre qui porte titre de comté, estoit mareschal de Lorraine, l'an 1500, et l'un des plus grands et riches seigneurs du pays. Il mourut le dernier de son nom et de ses armes, n'ayant laissé que deux filles, de Béatrix d'Ogéviller, sa femme, l'une appelée Barbe de Fenestrange, femme de Nicolas comte de Mœurs et de Sarwerden et l'autre Madelaine de Fénestrange, femme de Ferdinand de Neufchastel seigneur de Montagu, chevalier de l'ordre de la Toison d'or et mareschal de Bourgogne. Les habitans de Fenestrange sont obligés par titre ancien à fournir des vallets, des servantes et des messagers, gratuitement et par tour, au seigneur dès qu'il est arrivé dans son chasteau dudit lieu, appartenant présentement au duc d'Havré, chevalier, seigneur Flamand, et prétendu par le comte de Mailly à cause de ses enfans, pour les arrérages du domaine de la deffunte duchesse de Croy, sa femme.

Ferrage

Porte : écartelé au un et quatre d'azur au cofin d'or, au deux d'azur à la fleur de lys d'or, au trois lozangé d'argent et de sable.

Maison esteinte de longtemps.

Ficquemont

Porte : d'or à trois paux au pied fiché de gueulles, surmontés en chef d'un loup passant de sable.

Maison scize en la chastellenie de Briey, bailliage de Saint-Mihiel. Outre ladite terre les gentilshommes de ce nom possèdent présentement Malatour, Moustier et partie de Paroye.

Flecstain

Porte : facé de huit pièces d'argent et de sinople.

Maison illustre et très ancienne en Allemagne alliée aux comtes et barons de l'Empire. Le baron de Flecstain est vassal de Lorraine pour quelques terres qu'il y possède.

Fléville

Porte : de vair.

Cimier : un dragon aislé au naturel.

Maison esteinte et fort ancienne scize à une lieue de Nancy. Le chasteau bien basty, dès l'an 1460. Warry de Lutzelbourg, bailly de l'évesque de Metz, estoit déjà seigneur de Fléville. Ledit chasteau fut basty environ l'an 1560, par Nicolas de Lutzelbourg, seigneur dudit Fléville, Richard-mesnil et Germiny, qualifié capitaine de Nancy, lequel de Margueritte de Lucy, sa femme, ne laissa que cinq filles. Nicole de Lutzelbourg, femme de Claude de Beauvaux, seigneur de Manonville et de Noviant ; Renée de Lutzelbourg, femme de Nicolas de Choiseul ; Anne de Lutzelbourg, femme de Robert de Bouland ; Barbe de Lutzelbourg, femme de Jean de Ludre, seigneur dudit lieu et de Richard-mesnil et Louyse de Lutzelbourg, femme de Jean de Haraucourt, seigneur de Magnières, laquelle en secondes nopces espousa Claude Mourot, seigneur de Brin.

Florainville

Porte : d'argent à trois bandes d'azur, à l'ombre de lyon sur le tout, à la bordure engrelée de gueulles.

Cimier : une patte de lyon d'or et une griffe de griffon de mesme.

Maison ancienne et originaire des Pays-Bas, habituée de longtemps en Lorraine où elle a tousjours esté alliée aux meilleures maisons du pays et y a possédé de temps en temps les premières charges et dignités. Leurs principaux biens sont au Barrois où entre autres terres ils possèdent celles de Fains et de Cusance lesquelles font deux branches de cette maison. Florainville de Fains qui demeure au Barrois ; et Florainville de Cusance, qui n'a laissé qu'une fille mariée au baron de Meuze.

Florange

Porte : d'or au lyon de sable, à l'orle de gueulles.

Maison très ancienne esteinte de longtemps scize au duché de Luxembourg, à une demie lieue de Thionville. Florange fut autrefois une ville, ainsy qu'il se reconnoit encore par les ruines des murs et les vesliges des fossés ; ce n'est à présent qu'un village duquel dépendent quelques autres.

La maison de la Marck a longtemps possédé cette terre, jusqu'au temps de l'empereur Charles V, qui la confisqua et l'unit à son domaine de Luxembourg, après avoir déclaré traistre Robert de la Marck, seigneur de Sedan et dudit Florange, pour avoir quitté son party et pris celui du roy François I, qui estoit lors son ennemy. La seigneurie de Florange avoit quelques terres et dépendances au bailliage de Saint-Mihiel, prévosté de Longwy, depuis aliénées, qui rendoient ceux de cette maison vassaux de Lorraine.

La Fontaine

Porte : d'or à deux bourdons d'azur passés en sautoir à la coquille de gueulles en chef.

Maison scize en la chastellenie de Longuyon bailliage de Saint-Mihiel. Les sieurs de Clopey et de Sorbey sont de cette maison, dont ils portent le nom et les armes. L'un d'iceux estant bailly de l'évesché de Verdun est décédé, l'an 1642, âgé d'environ quatre-vingts ans, ayant laissé plusieurs fils et filles de N. de Hennemont, sa femme.

Fontaine

Porte : d'azur à trois bandes d'or, au chef d'azur chargé de trois besans d'or.

Maison originaire de Biscaye. Le premier qui s'habitua en Lorraine fut François de Fontaine, chambellan et maîstre d'hostel du duc Charles III, décédé l'an 1578, lequel de Catherine d'Urre, son espouse, n'a laissé que Paul Bernard, comte de Fontaine, seigneur de Fougerolles, qui estoit général aux Pays-Bas et se faisoit porter en une chaise, parmy son armée, à cause de ses gouttes. Il n'a point eu d'enfans d'Anne de Raigecourt, sa femme, décédée depuis quelques années et adopta, l'an 1640, le neveu d'icelle appelé Bernard de Raigecourt seigneur d'Ancerville et de Busy, général de l'artillerie de Lorraine, gouverneur de Jametz et de Marie-Barbe de Haraucourt, sa femme.

Fontoy ou Fensch

Porte : d'argent à l'aigle de gueulles, menbré du champ.

Fontoy, appellé Fensch en allemand, est un vieux chasteau ruiné et un grand village qui en dépend, où il y a une forge, scituée entre deux collines, à une lieue de Sancy et deux de Thionville appartenant aujourd'huy, en commun, au marquis de Bassompierre, à la dame de Gasbeck et aux héritiers du feu sieur de Brandebourg. Le nom et les armes en sont esteints de temps immémorial,

Forcelles

Porte : de sable à neuf testes de trèfle ou fleurons d'argent posés 4, 3 et 2.

Maison esteinte de longtemps scize au comté de Vaudémont.

Le feu sieur Nicolas de Nogent seigneur de Neuflotte, la possédait et ses héritiers l'ont vendue.

Forcheu

Porte : d'azur à trois fourches d'or posées deux et une, la dernière estant renversée (c'est à dire la fourche en bas) ; au chef d'argent paré d'un lyon naissant de gueulles.

Maison esteinte.

La Fosse

Porte : de gueulles au lyon d'or, chargé d'un chevron d'argent en pointe, orné à dextre d'une branche de laurier de sinople, et à senestre de trois roses de gueulles.

Maison originaire de Verdun en la personne du grand Pierresson d'Eix, escuyer, et de damoiselle Jeanne de Neufville sa femme, il y a 400 ans ou environ. Corberon de la Fosse dernier du nom et des armes est mort à Toul, depuis quelques années, ayant laissé trois filles dont l'une est mariée au sieur de Chambré, seigneur de Petoncourt, l'autre au sieur de Boccavilliers lieutenant pour le roy à Thionville et la troisième non encore mariée.

Margueritte de la Fosse avoit espousé Androuin Roder, environ l'an 1546, dont est yssu du costé maternel Nicolas Perrin de Dommartin.

Fougerolle

Porte : de sable à trois masses d'armes d'argent 2 et 1.

Village distant de deux lieues de Plombières (où sont les bains des eaux naturellement chaudes et fumantes à cause du bitume brûlant sous terre). Il est limitrophe à la Lorraine et au comté de Bourgogne et a pour dépendances deux villages voisins, ce qui compose avec un chasteau assez fort la terre de Fougerolle, dont la souveraineté estant depuis longtemps contentieuse avec le roy d'Espagne comme comte de Bourgogne et le duc de Lorraine, il a esté convenu entre ces deux princes qu'attendant la décision de leur différent, le haut justicier du lieu serait dépositaire de la souveraineté. Les derniers seigneurs de Fougerolle (depuis l'extinction de cette maison) estoient de la maison d'Inteville, l'un desquels vendit Fougerolle à feu Bernard comte de Fontaine, gouverneur de Bruges et de l'Isle en Flandres dont les héritiers sieurs de Raigecourt et autres, ou plustôt ses créanciers possèdent cette terre.

Foulg

Porte : facé d'argent et de gueulles de huit pièces, au canton d'argent chargé d'une croix ancrée de sable.

Le dernier du nom et des armes fut Geoffroy de Foulg, vivant seigneur de Maxey-sur-Voise, en partie, qui vivoit environ l'an 1525 et ne laissa qu'une fille mariée à N. de Merlet seigneur dudit Maixey ou Massey, à cause de sa mère. La prévosté de Foulg, bailliage de Saint-Mihiel est du domaine de Lorraine et le chasteau ruiné depuis les guerres.

Franquemont

Porte : (1)

Il y a à Nancy un gentilhomme de cette maison alliée à celle du Chastelet et autres maisons de l'ancienne chevallerie.

Fresnau

Porte : d'argent à deux faces de gueulles et un orle de huit merlettes de mesme.

Maison originaire du pays d'Anjou, habituée en Lorraine dès que René d'Anjou espousa Ysabeau de Lorraine, l'an 1420. René de Fresneau seigneur de Pierrefort, Trongnon et Renesson estant décédé sans hoirs, Jean de Fresneau, son frère, abbé commandataire de Saint-Mihiel, se voyant le dernier de son nom et de ses armes, quoique bien avancé en âge se maria dans l'espérance d'avoir des enfans ; sa femme fut Claude de Beauvaux de laquelle il n'eut qu'une fille nommée Claude de Fresneau, riche héritière qui espousa Jean de Lénoncourt seigneur de Serre, conseiller d'Estat et bailly de Saint-Mihiel. Le traité de mariage dudit Jean de Fresneau et de Claude de Beauvaux est du 14 novembre 1570, passé au chasteau de Manonville.

Fresnel

Porte : d'azur à une bande de trois pièces d'or, au chef

---

(1) De gueules à deux saumons adossés d'or, voir : *Histoire généalogique de la maison du Chastelet*, par Dom Calmet, Nancy, MDCCXLI, p. 161.

d'azur chargé d'un lyon naissant d'or, couronné de gueulles.

Cimier : un lyon naissant de l'escut.

Jean-Philippe de Fresnel, seigneur dudit lieu et de St-Ballemont, conseiller d'Estat de Lorraine, bailly et gouverneur de Clermont en Argonne, décédé l'an 1635, fut le dernier de son nom et de ses armes n'ayant point laissé d'enfans de N. de Reinach sa femme. Il fut aussy chef du conseil de Lorraine. Ledit Fresnel est un village scis au comté de Vaudémont à cause duquel il meut en fief du duc de Lorraine.

Gallian

Porte : d'azur à une croix d'argent, au titre de même où est escrit NISI surmonté d'un coq au naturel, au chef d'or.

Cimier : un vol de l'escut.

Maison originaire du duché de Milan. Orpheo de Gallian, natif de la ville de Lodi, audit duché, environ l'an 1580, vint s'habituer en Lorraine, commanda depuis un régiment de lansquenets en Hongrie, dans l'armée du duc de Mercœur, et fut tué au siège de la ville de Canise, l'an 1601. Il espousa Antoinette d'Arguille, fille d'Antoine d'Arguille seigneur de la Motte, de Tassigny et de Moncé, chambellan de Charles III, de laquelle il ne laissa que deux fils et N. de Gallian femme de N. d'Anglure. L'aisné des deux fils est mort sans alliance ayant esté tué ès guerres de Bohême, l'an 1620, et le second est Maximilien de Gallian qui a espousé Renée de Ligniville de laquelle il a plusieurs enfans.

Gellenoncourt

Porte : (1)

Maison esteinte.

Le feu sieur Beaufort, noble Lorrain, ayant acquesté la seigneurie de Gellenoncourt scize au bailliage de Nancy

---

(1) D'or au léopard de gueulles (Cayon).

obtint du duc la permission d'en porter le nom et les
armes, en sorte que ses descendans s'appellent aujour-
d'huy Gellenoncourt. La vefve du baron de Clinchant possède à présent cette terre acquestée par feue la dame de
Mailhanne, son ayeulle maternelle. François de Beaufort,
seigneur dudit Gellenoncourt, fut déclaré gentilhomme le
9 octobre 1588.

Gerbéviller

Porte : de gueulles à deux bars addossés d'argent, semé
de croix pommettées au pied fichées de mesme.

Il se void par ces armes qu'autrefois un cadet de Ferette,
de Bar ou de Salm, a possédé la terre de Gerbéviller, érigée
en marquisat par le duc Henry II avec trente villages en dé-
pendance. La ville est petite et a un faux bourg, à deux lieues
de Lunéville. Maison esteinte de très longtemps. Wauthier
de Lorraine, troisiesme fils de Simon Ier, était seigneur de
Gerbéviller l'an 1140. L'an 1300, Jean Wisse, bailly de
Vosges, qui estoit seigneur dudit Gerbéviller, laissa d'Isabelle de Preny, sa femme, Colin Wisse seigneur de Gerbéviller, qui de Béatrix de Fléville eut Jacques Wisse, abbé de
Gorze et Jean Wisse bailly d'Allemagne et depuis bailly de
Nancy, qui de Catherine de Lénoncourt eut Olry Wisse seigneur de Gerbéviller et de plusieurs autres lieux et bailly
dudit Nancy, décédé sans enfans, l'an 1530. Margueritte
Wisse, femme de Henri de Ligniville et Madelaine Wisse
femme de Huot du Chastelet seigneur de Deuilly; ses sœurs
furent ses héritières. La ditte Madelaine eut Gerbéviller
pour sa part et après elle Pierre du Chastelet, mareschal
de Lorraine et bailly de Nancy, lequel de Bonne de Baudoche eut Olry du Chastelet seigneur de Deuilly et de Gerbéviller qui espousa Jeanne de Scépeaux de laquelle il a laissé
Anne du Chastelet, héritière universelle, qui a apporté
Gerbéviller à Charles Emmanuel de Tornyelle son marit,
lequel a fait faire à la suitte du chasteau un jardin magnifique, avec des allées à perte de vue, des canaux et des
grottes.

Germiny

Porte : d'azur à l'escusson d'argent.

Maison fort ancienne esteinte de longtemps, scize à quatre lieues de Nancy dans le ressort de la chastellenie de Foug et possédée, à présent, par la dame de Chambley de Germiny.

Gironcourt

Porte : d'or à quatre faces d'azur.

Le village de Gironcourt est assis au bailliage de Vosges, chastellenie de Chastenoy. Il y a deux chasteaux et deux seigneuries, l'une appelée la seigneurie de la Vaux et l'autre celle de Raigecourt d'Ancerville. Le chasteau est razé et la maison esteinte de longtemps. On appelait Giron-court Paris en Vosges, comme estant la plus belle maison et le plus beau jardin des Vosges.

Going

Porte : d'azur à la croix d'argent, environnée de quatre fleurs de lys d'or.

Maison esteinte de très longtemps.

Catherine de Heu apporta cette seigneurie à Jean de Haussonville son marit, d'où sortit Claude de Haussonville qui, après la mort de ses deux frères, succéda en tous leurs biens, fut mariée à Gaspard de Marcossey grand écuyer de Lorraine et ne laissa pour fils que Jean de Mar-cossey, baron de Haussonville, Going, Lorquin, Passavant et seigneur d'Essey qui de N. d'Amoncourt-Piépape n'a eu qu'un fils tué en duel. Les dames de Haraucourt, d'Acraigne, de Vianges et de la Lobbe, ses tantes paternelles, ont esté ses héritières et la baronie de Going, scize au bailliage de Nancy, est obvenue en partage à la dame de Viange.

Gournay

Porte : de gueulles à trois tours d'argent mises en bande, maçonnées de sable.

Cimier : un croissant d'or supporté d'un quarreau de gueulles, surmonté d'une queue de paon au naturel.

Il y a plus de cinq cents ans que ceux de cette maison estoient seigneurs de Gournay sur Marne, l'un desquels pour quelque crime sortit du royaume et alla s'habituer à Metz, lors tenu par l'Empire, où dès l'an 1230, Nicolas de Gournay, le vieux, fut Maistre Eschevin de Metz, de laquelle charge, lors de plusieurs siècles après, dépendoit l'authorité souveraine de la ville et du pays messin. Aujourd'huy cette maison est divisée en trois branches : celle des sieurs de Thalanges qui sont les aisnés, celle des sieurs de Gournay de Secourt, celle des sieurs de Gournay de Friauville qui sont les cadets.

Grancy

Porte : d'argent au chef de gueulles.

Maison esteinte.

La Grandfaux

Porte : d'azur au chevron d'or accompagné de trois estoiles de mesme 2 et 1.

Maison esteinte.

Gronaix

Porte : de gueulles à six tours d'argent 3, 2, 1.

C'est une des plus nobles et plus anciennes famille de la ville de Metz. Michel de Gronaix, dernier de ce nom et armes, qui de Jacquemotte Bataille, fille de Jean Bataille et Jacquemotte Chevresson ne laissa que des filles dont l'une nommée Françoise de Gronaix fut seconde femme de François de Gournay conseiller d'Estat et chambellan de l'empereur Charles V, décédé l'an 1524, âgé de 74 ans, duquel mariage naquit Michel de Gournay, marit de Philippe de Florainville et Françoise de Gournay femme de René de Clémery.

Guermange

Porte : de gueulles à un crochet d'or.

Hanus de Guermange fut le dernier de son nom et de ses armes. Il vivait encore l'an 1540, sa femme fut Alix de Liocourt, de laquelle il ne laissa que Françoise de Guermange qui espousa Martin de Custines, en la maison duquel elle apporta les seigneuries de Guermange et de Bioncourt.

Hadstat ou Hatstat

Porte: d'or au sautoir de gueulles.

Hatstat porte : d'or au sautoir de gueulles, à l'estoile de sable en chef.

C'est néantmoins une mesme maison, l'estoile n'estant qu'une brisure du puisné ou du cadet.

Maison très ancienne originaire du pays du Rhin. Le livre des anciens tournois de l'Empire porte qu'au douziesme tournoy tenu à Nuremberg, l'an 1198, en présence de l'empereur Henry sixième, Schweikart de Hadstat y assista et jousta contre plusieurs autres seigneurs y dénommés. Cette maison possède encor plusieurs fiefs au bailliage d'Allemagne, partout les seigneurs de cette maison sont vassaux de Lorraine.

Han

Porte: de gueulles au chef d'argent en pointe.

Maison esteinte. Hardy de Tillon est seigneur en partie du village de Han qui est près de Nomeny.

Haranges

Porte: d'or à un lyon d'azur armé, lampassé et couronné d'or.

Cimier : une couronne d'or surmontée d'un léopard assis d'azur.

Jean de Haranges, seigneur de Merauvaux et général de l'artillerie de Lorraine, décédé l'an 1539, fut le dernier de son nom et de ses armes, n'ayant laissé de Margueritte de Ludre, sa première femme, et d'Anne de Gournay, sa seconde femme, que des filles mariées à des seigneurs du pays.

Haraucourt

Porte : d'or à la croix de gueulles, au franc quartier d'argent à un lyon de sable armé, lampassé de gueulles, couronné d'or.

Cimier : une teste et col de cygne, becquée et accolée de gueulles, bandé d'or.

Seigneurie scituée à côté de St-Nicolas, possédée par le Marquis de Ville. Wauthier de Lorraine, seigneur de Gerbéviller, troisième fils de Simon Ier, duc de Lorraine, décédé l'an 1141, espousa Anne de Haraucourt. C'est une des plus grandes maisons du pays, dont plusieurs branches sont esteintes, comme Haraucourt de Brandebourg, Haraucourt de Fresnoy, Haraucourt de Paroye, Haraucourt de Magnières, Haraucourt d'Hadonviller. Il n'en reste aujourd'huy que les branches d'Haraucourt d'Acreigne dont est yssu Henry de Haraucourt, marit d'Anne de St-Belin et Ferry de Haraucourt, baron de Chambley, qui d'Anne de Custine n'a eu qu'un fils mort au service du Roy et une fille mariée au marquis de Bassompierre, lequel sert le duc de Lorraine, au party d'Espagne, et Haraucourt de St-Baslemont dont est yssu feu Jean-Jacques de Haraucourt, baron de St-Baslemont marit de Barbe d'Ernecourt, mémorable à la postérité pour son courage viril.

Harowey

Porte : d'or à la bande de gueulles, cottoyée de neuf billettes de mesme, cinq au dessous de la bande posées quatre et un et au-dessus un et trois, à commencer à compter par le haut.

Maison située à quatre lieues de Nancy, dont le dernier fut Henry de Harowey qui, d'Isabelle de Nancy, sa femme, ne laissa qu'Antoinette de Harowey, mariée à Thiéry de Lenoncourt, bailly de Vitry l'an 1483, depuis lequel temps laditte seigneurie est obvenue à la maison de Bassompierre et de suitte à feu François de Bassompierre mareschal de

France, duquel laditte terre avec plusieurs villages et
dépendances, fut érigée en marquisat par le duc Henry II,
peu d'années avant son décès. Le chasteau est fort beau.

Haussonville

Porte : d'or à la croix de gueulles frettée d'argent.

Cimier : un cigne d'argent membré et becqué de
gueulles.

Jean de Haussonville, baron dudit lieu, d'Orne et Tur-
questein, gouverneur de Verdun et mareschal de camp ès
armées du Roy, mourut l'an 1607. Le dernier de son nom
et de ses armes n'ayant point laissé d'enfans de Chrestienne du Chastelet, sa femme ; ils sont inhumés en une
chapelle fort somptueusement bastie par eux, fondée en
l'église des Carmes déchaussés à Gerbéviller. La baronie
de Haussonville, où l'on void encor un ancien chasteau
et une église collégiatte est à quatre lieues de Nancy. Jean
de Haussonville, sénéchal de Barrois et Ermanson d'Autel,
sa femme, décédés l'an 1404, ont fondé ladite collégiatte et,
à présent, le comte de Brionne et le baron de Saffre sont
seigneurs dudit Haussonville.

Hautoy

Porte : d'argent à un lyon de gueulles, la queue fourcbue
et passée en sautoir, armé, lampassé et couronné d'or.

Les sieurs de Nubécourt, de Vaudoncourt, de Clemery et
de Ville en la Voivre sont de cette maison dont les armes,
étant semblables à celles de la maison de Luxembourg, les
sieurs du Hautoy disent en estre descendu par un puisné,
bien que tant d'historiens, qui ont escrit de cette illustre
maison de Luxembourg, n'en ayent fait aucune mention.
Les sieurs du Hautoy estoient aux assizes de Lorraine il y a
fort longtemps ; et par la généalogie de la maison de la Fosse
Mariette du Hautoy avait espousé Richier II de la Fosse,
d'où est venue, de père en fils, Margueritte de la Fosse
mariée à Androuin Roder. Néanmoins, quelques-uns

disent que cette maison vient du recouvreur qui, travaillant sur le haut toit d'une tour de Maxéville, reconnut l'emprisonnement du duc Ferry, qui l'annoblit.

La Haye ou Hagen

Porte : d'argent à la face de gueulles accompagnée de quinze billettes de gueulles, neuf en chef posées 5 et 4 et six en pointe posées 3, 2 et 1.

Maison appelée Hagen en l'archevesché de Trèves, d'où elle est originaire, sur les confins du duché de Luxembourg. Ceux de cette maison (qui sont encore assés bon nombre), possèdent plusieurs biens et fiefs en Lorraine, nommément en l'office et chastellenie de Longwy et sont ainsy vassaux de la Lorraine.

Helmstatt

Porte : d'argent, au corbeau de sable, ayant l'aisle gauche estendue.

Maison très ancienne du pays du Rhin. Le livre des tournois de l'Empire porte qu'Ernfried et Wendel d'Helmstatt assistèrent au treiziesme tournoy tenu à Worms l'an 1209. Rabanus d'Helmstatt fut eslu evesque de Spire l'an 1396 et depuis archevesque de Trèves, conséquemment électeur de l'Empire et chancelier d'iceluy, ès Gaules germaniques. Richard d'Helmstatt fut aussy eslu evesque de Spire, où il est décédé l'an 1456 et fit rebastir à neuf l'église cathédrale qui avoit esté brulée de son temps. Il y mourut l'an 1505. Les seigneurs de cette maison ont esté des premiers luthériens et le sont encor. L'an 1636, un seigneur de la ditte maison mourut grand maistre en l'hostel du duc de Wirtemberg. Il estoit grand terrier en Allemagne, Lorraine et évesché de Metz où il avoit la seigneurie d'Inguessange et ainsy estoit vassal de Lorraine.

Herbéviller

Porte : d'azur à la croix d'argent environnée de seize fleurs de lys d'or.

Fief mouvant du comté de Blâmont et distant d'une demie lieue de la ville dudit Blâmont, bruslée presque toute pendant cette guerre. Ledit fief ou village possédé plus de cent ans par les sieurs de Barbay, dont l'un a vendu cette terre à Bannerot, chastelain de Baccarat, l'an 1632. Maison esteinte de temps immémorial.

Heu

Porte : de gueulles à la bande d'argent chargée de trois coquilles de sable.

Maison originaire de Metz des plus grandes et des plus riches de la ville. Jean de Heu mourut evesque de Toul, l'an 1372. Ceux de ce nom ont toujours esté hautement alliés, en Lorraine et Barrois. La dernière alliance fut de Margueritte de Heu mariée deux fois. La première avec Georges de Savigny, seigneur dudit lieu, de Sailly et de Montreux. La seconde fois avec Jacques de Ligniville, seigneur de Vannes et gouverneur de Toul. Et dez l'an 1535 Catherine de Heu se trouve encore avoir espousé Jean de Haussonville, baron dudit lieu et de Turquestain, séneschal de Lorraine inhumés en l'église d'Essey. Elle estoit sœur de Robert et Gaspard de Heu qui introduisirent le Roy Henri II dans Metz, l'an 1552. Maison esteinte dont le dernier masle est mort environ l'an 1600.

Hohenstain

Porte : d'or fretté de sable.

Maison originaire d'Alsace.

Il y a un seigneur de cette maison qui est vassal de Lorraine à cause des terres qu'il possède au bailliage d'Allemagne.

Hohenzollern

Porte : d'argent écartelé de sable, contrescartelé de gueulles à un cerf d'or posé sur un tertre à trois couppeaux de synople, et sur le tout de gueulles à deux sceptres, posés en sautoir.

Un des seigneurs de cette maison est vassal de Lorraine à cause des terres qu'il a au bailliage d'Allemagne.

Hombourg

Porte : d'argent à quatre esperons de sable.

Maison esteinte de grande ancienneté. Le comté de Hombourg est scitué en la chastellenie de Sierk et dont le chasteau est fort beau et spacieux appartenant aux héritiers de Péter Ernest comte de Crehange, bailly d'Allemagne, qui avoit espousé Margueritte de Coligny, fille de Charles de Coligny, marquis d'Andelot et Humbert de Chastenoy.

Honstein

Porte : d'or à deux faces de gueulles accompagnées de douze billettes de mesme posées 4, 4, 4.

Le chasteau de Honstein est entre Marsal et Vaudrevange, et le sieur de Honstein a esté sergent de bataille ès armées de l'Empereur.

Honelstain

Porte : d'argent à deux faces de gueulles accompagnées de douze billettes de mesme, posées 5, 4, 3.

Les seigneurs de cette maison sont vassaux de Lorraine, à cause de quelques terres qu'ils y possèdent.

Houecourt

Porte : d'azur à une bande d'or et un lambel à trois pendans de gueulles, brochant sur le tout.

Maison fort ancienne, esteinte de longtemps.

Le Comte de Ligniville est baron d'Houécourt, village scis au Comté de Vaudémont.

Housse

Porte : d'argent, au chef échiqueté d'or et d'azur de trois traits.

Cimier : deux masses d'or mises en sautoir.

Le baron de Housse est encor de cette maison. Sa demeure ordinaire estoit à Longwy au commencement de cette guerre. A présent il est dans les trouppes de Lorraine. Son père estoit chambellan du duc Henry II.

Igny

Porte : burellé d'argent et de gueulles, environné d'une cordelière.

Cimier : une teste de triton au naturel ayant le col écaillé d'azur couronné d'or. Supports : deux nymphes.

Igny est une baronie scize au Comté de Bourgogne en un mauvais terroir et le chasteau ruiné. Cette maison en est originaire. Le feu comte de Fontenoy en Lorraine, baron d'Igny, a laissé un fils qui n'a point d'enfans. Il avoit trois sœurs dont la cadette est morte, les deux autres mariées à des chevalliers. L'on tient qu'autrefois n'en restant plus qu'un de cette maison, qui estoit profès cordelier, le pape l'absoudit de ses vœux, pour se marier, à condition que luy et sa postérité porteraient la cordelière qui se void dans les armes de cette maison.

Issoncourt

Porte : de gueulles à la croix d'argent.
Maison esteinte.

Jallacourt

Porte : de gueulles à l'aigle d'or, et la bande d'argent munie de trois tours crénelées et demy de sable, brochant sur le tout.

Maison esteinte.

Le village de Jallaucourt, scis au bailliage de Nancy, est possédé par le sieur Odet, qui en est seigneur avec droit de buffet, c'est-à-dire que l'appellation des maire et eschevins dudit Jallaucourt ressortit audit seigneur qui la fait juger par trois gradués dont la plainte est relevée au conseil d'Estat du duc et depuis la guerre au parlement d'Espinal lorsqu'il y estoit séant.

Jaulny

Porte : d'argent à trois chevrons de gueulles.

Ferry de Jaulny vivoit encore l'an 1570 ; il mourut le dernier de son nom et de ses armes, n'ayant point laissé d'enfans de Margueritte de Rivière, sa femme. La seigneurie de Jaulny obvint par son décès à Thiedrich des Armoises, seigneur d'Hannoncelles, son cousin. Aujourd'huy Jean des Armoises en est seigneur, lequel de N. d'Urre, son épouse, dame de Commercy n'a qu'une fille.

Jeandelaincourt

Porte : d'argent au lyon de sable armé, lampassé et couronné d'or.

Maison esteinte.

Les descendans de feu Louys Durand de Nomeny sont seigneurs du village de Jandelaincourt, sciz au bailliage de Nancy et en portent le nom.

Jouxey

Porte : de sable au lyon d'or, armé et lampassé de gueulles à la bordure d'or.

Maison de la Vosge, esteinte.

Kievraing

Porte : de gueulles au chef bandé d'or et d'azur.

Maison d'Allemagne esteinte et dont les seigneurs estoient vassaux de Lorraine, à cause des terres qu'ils y possédoient.

Landres

Porte : d'or à trois pals de gueulles.

Cimier : un chapeau de cardinal environné de deux espics de bled d'or.

Maison du Bassigny. Le chasteau de Landres est à deux lieues de Stenay.

L'an 1620, un gentilhomme des Landres estudioit en l'Université du Pont à Mousson.

Launoy

Porte : d'azur à la bande d'argent cottoyée d'onze billettes d'or, six en chefs, posées 4 et 2 et cinq en pointes posées 4 et 1.

Cimier : un vol armoyé de l'escut. Maison esteinte.

Lebenstein

Porte : d'or à deux chevrons échiquetés de deux traits de gueulles et d'argent.

Maison originaire du pays du Rhin qui est très ancienne et possède plusieurs fiefs au bailliage d'Allemagne à raison desquels elle est vassable de Lorraine.

Lenoncourt

Porte : d'argent à la croix engreslée de gueulles.

Maison très ancienne, honorée d'un cardinal de son nom et de deffunt Antoine de Lenoncourt primat de Nancy.

La branche de Lenoncourt, en France, subsiste par la personne du Marquis de Lénoncourt ; et la branche de Lénoncourt, en Lorraine, est divisée en deux autres branches, dont l'une est Lenoncourt de Gondrecourt de laquelle est sorty le Marquis de Blainville et l'autre Lenoncourt de Serre, dont sont sortys plusieurs seigneurs.

Letricourt

Porte : d'argent à la face de sable, au lyon léopardé de gueulles en chef.

Maison esteinte et le village de Létricourt, scis au baillage de Nancy, est à présent du domaine de Lorraine.

Leucourt

Porte : d'azur à la croix engrelée d'argent.
Maison esteinte.

Liebenstain

Porte : facé d'argent et de sable de quatre pièces.

Maison originaire du pays du Rhin, fort ancienne, et qui possédoit des terres au bailliage d'Allemagne, est vassale de Lorraine.

Ligniville

Porte : losangé d'or et de sable.

Cimier : une teste de taureau de sable accornée de l'escut et clarinée de mesme.

Maison très ancienne appellée autrefois de Rosières lorsqu'elle possédait la ville et saline de Rosières qui furent eschangées, avec le duc Ferry II, contre les bourgs de Dompjullien et Vittel. Le village de Lignéville ayant esté depuis acquesté, comme il est dit amplement sous le nom de Rosières. La branche de Ligniville Dombrot est esteinte par la mort du comte de Bey, grand veneur de Lorraine, qui avoit espousé Françoise de Nogent. La branche de Ligniville de Tumejus, subsiste en la personne du comte de Ligniville général de l'armée du duc de Lorraine, marié à une des filles de feu Alix de Veroncourt. La branche de Ligniville - Tantonville est esteinte par la mort du feu comte de Tantonville, qui n'a laissé qu'une fille mariée au comte de Monchal. Et la branche de Ligniville de Vanne n'a plus qu'une fille du feu baron de Vanne vivant gouverneur de Toul.

Ligny

Porte : d'azur au chevron d'or.

Le comte de Ligny est le premier vassal de Bar. La ville de Ligny est à trois lieues dudit Bar et a quelque trente villages qui composent une prévôté ressortissant au bailliage dudit Bar.

Il y a une tour entre celles du chasteau de Ligny sur la terrasse de laquelle on void une statue de pierre dont le haut a la figure de femme, les cuisses et le reste figure de serpent. Plusieurs anciens habitants du lieu disent qu'il y a cinquante ans, qu'on entendit des cris effroyables, environ la minuit, venant du haut de cette tour, lorsqu'un seigneur de Ligny étoit près de sa mort. Cette statue s'appelant, encore à présent, la Melusine, que le vulgaire dit avoir esté une dame dudit Ligny, qui se changeoit ainsy en serpent par un charme de transformation et reprenoit la figure humaine dans un bain sur la terrasse de cette tour par un contre charme. La rue et l'hostel de la Melusine sont voisins du Palais-Cardinal, à Paris, ce qui fait connoistre que cette Melusine a esté une très grande dame, et sy ce qu'on en dist est une fable, elle a esté inventée pour marquer à la postérité sa prudence extraordinaire, dont le serpent est le symbole. Henry Ier, comte de Bar, l'an 1231, donna pour dot à sa fille Margueritte de Bar le chasteau et la chastellenie de Ligny avec leurs appartenances, à condition qu'Henry comte de Luxembourg son futur espoux et les hoirs les tiendroient en fief de luy et de ses successeurs, comme ils ont fait. Le dernier masle de cette maison de Luxembourg a esté Henry de Luxembourg, duc de Luxembourg, duc de Piney, pair de France, prince de Tingry, comte de Brieux, Ligny, Roussy et Rosnay, qui de Madelaine de Montmorency fille unique de Guillaume de Montmorency, seigneur de Thoré, n'a laissé que deux filles, Charlotte Margueritte de Luxembourg, femme de Léon d'Albert, seigneur de Brantes et Liesse de Luxembourg femme de Henry de Lévis, duc de Ventadaur, pair de France.

Linange ou Leiningen

Porte : d'azur à trois aigles d'argent membrées et becquées de gueulles 2 en chef et l'autre en pointe.

Le comté de Linange ou Leiningen, accompagné d'un beau chasteau, mouvant du St-Empire en tous droits régaliens, est assis à trois lieues de Worms, en deça du Rhin, et ne cède à aucun comté régalien. Le livre des anciens tournois d'Allemagne porte qu'au premier de tous les tournois tenu à Magdebourg, au temps de l'Empereur Henry I, l'an 938, Weibrecht comte de Linange, y eut un des premiers rangs et que ses descendans se sont trouvés en tous les autres tournois. La notice des éveschés de l'Empire compte jusqu'à dix seigneurs de cette maison, qui ont esté évesques ès plus nobles cathédrales, dont le premier fut évesque d'Augsbourg, l'an 1064. Mais la suite a tout gasté, car cette maison est devenue luthérienne, dès le commencement de l'hérésie de Luther.

Emicho neufviesme et Béatrix de Bade eurent Emicho X, comte de Linange et d'Agsbourg et Cuno, comte de Westerbourg, dont les armes sont : de gueulles à la croix pleine d'or accompagnée en chacun canton de cinq croisettes de mesme, mises en sautoir, dont il écartela ses armes et ses successeurs les ont retenues de la sorte.

De la branche aînée sont sorties les branches vulgairement appellées : Linange-d'Agsbourg, Linange-Réchicourt et Linange-Aspremont, toujours alliées très hautement. Plusieurs auteurs escrivent qu'environ l'an 1348, Frédérich comte de Linange espousa Marie de Chastillon, surnommée de Blois, sœur de Charles de Blois, duc de Bretagne, veufve de Raoul, duc de Lorraine ; et les principales terres, que cette maison possède en l'évesché de Metz et en Lorraine, sont Réchicourt et Aspremont pour la moitié, l'autre moitié ayant été vendue au duc Charles III.

Enfin lors des guerres de Charles de Bourgogne, contre le duc René II, de Lorraine, les comtes de Linange servirent très dignement ce prince. Les trois branches de cette maison sont : Linange l'aisnée, Linange d'Aspremont, Linange de Réchicourt.

Liocourt

Porte : d'azur au lyon léopardé d'or, armé, lampassé, et couronné de mesme.

Maison esteinte.

Lisseras

Porte : d'azur à trois coquilles d'argent mises en pal, parti de fasces d'or et de gueulles de huit pièces.

Cimier : une teste de daim d'or.

Claude de Lisseras seigneur d'Anderny, Bosserville et Lénoncourt, gentilhomme de la chambre des ducs Henry II et Charles IV, capitaine des gardes du corps dudit duc Charles et bailly de Chastel sur Moselle mourut à Besançon l'an 1625, le dernier de son nom et de ses armes, n'ayant point laissé d'enfant de Claire de Choiseul, son espouse.

Livron

Porte : d'argent à trois faces de gueulles au franc quartier d'argent chargé d'un roch de gueulles.

Cimier : une licorne naissante d'argent.

Maison originaire du Limousin environ l'an 1455. Bertrand de Livron, vicomte d'Obiac et seigneur de la Rivière alla s'habituer à Bourbonne les Bains au moyen du mariage contracté entre luy et Françoise de Bauffremont, dame de Bourbonne. La première alliance que cette maison a eue en Lorraine a esté de François de Livron avec Bonne du Chastelet, d'où sortirent Nicole de Livron, femme de François de Montpezat, seigneur de Laugnac, Nicolas de Livron, vicomte d'Obiac, qui de Claude Des quilles sa femme, ne laissa point d'enfans, et Erard de Livron, seigneur de Bourbonne, vicomte d'Obiac, seigneur de Ville sur Illon et de Mandres lez Mirecourt, conseiller d'Estat et grand Maitre de l'hostel du duc Charles III, lequel a eu de Gabrielle de Bassompierre, sa femme, François de Livron abbé de la Chalade, Charles marquis de Bourbonne et Charles Henry marquis dudit Ville et pre-

mier gentilhomme de la chambre du duc Charles IV, à la
suite duquel il est mort n'ayant laissé qu'un fils et deux
filles de N. de Haraucourt, sa femme, l'une religieuse et
l'autre veufve du sieur de Beere vivant gouverneur de Mon-
médy.

Lombarde

Porte : de sable à quatre pals d'argent.
Maison esteinte.

Lombus voyez Custines

Longeville

Porte : d'argent à la cane volante d'or posée en face.
Maison esteinte. Thiéry de Longeville estoit seigneur de
Longeville devant Bar, duquel étoit yssue la femme de
Jean Vaillot seigneur de Valleroy aux Saulx et secrétaire
d'Estat en Lorraine, qui en obtint déclaration du duc, le
4 mars 1630, sur les preuves qu'il en fit. Mais néantmoins
les armes sont toutes différentes de celles qui sont icy
blazonnées et partant, il faut qu'il y ait deux maisons de
Longeville.

Louppy

Porte : de gueulles à cinq annelets, passés en sautoir,
d'argent.
Maison esteinte, n'en restant que le nom à quelques particuliers de Lorraine qui n'en sont pas yssus. La prévosté
de Louppy le Chasteau, au Barrois est, à présent, du domaine.

Lowe

Porte : de gueulles à trois pals de vair, au chef d'or
chargé d'une louve de sable, accompagnée de deux tourteaux de gueulles.
Maison esteinte.

Luchtemberg ou Lichtemberg

Porte : facé et contrefacé de trois pièces, d'argent et d'azur.

Maison d'Allemagne vassalle de Lorraine, pour quelques terres qu'elle possède au bailliage d'Allemage. Anne, fille de Louys de Lichtemberg espousa Philippe Bernhart comte de Hanaw, l'an 1450.

Lucy

Porte : d'argent à trois lyons de sable, armés et lampassés de gueulles, couronnés d'or.

Maison esteinte.

Ludres

Porte : bandé d'or et d'azur de six pièces, à la bordure engrelée de gueulles.

Cimier : une teste de renchier (1) d'or, semée d'hermines de sable.

Maison sortie d'un cadet de Bourgogne dont un seul autheur fait mention.

Saint-Julien en ses meslanges paradoxaux et Goulu (2) ès antiquités séquanaises, disent que la maison de Froloy vient d'un cadet du duc de Bourgogne, qui eut cette seigneurie et par tradition, commune en Lorraine, la maison de Ludres est yssue de Froloy, aussy en porte-t-elle les armes semblables à celles des ducs de Bourgogne, sauf qu'il y a une bordure engrelée qui s'adjouste souvent pour marque de cadet.

Les sieurs de Ludres se qualifient comte d'Afrique et monstrent près de Ludres, à deux petites lieues de Nancy, les vestiges d'un fossé et d'une ville sur une éminence, laquelle ville s'appeloit Afrique, d'ou dépendoient les villages de Ludres et de Richardmesnil, qui leur appartiennent encor et autres villages composant ledit Comté.

---

(1) Cerf.
(2) Gollut.

Lunéville

Porte : d'azur (1) à une bande de gueulles munie de trois croissans montans d'argent.

Comtes anciens dont la maison est esteinte.

La ville et la prévosté font partie du bailliage de Nancy et sont du domaine de Lorraine. Il y avait un beau chasteau à Lunéville qui a esté bruslé par les gens de guerre, avec une partie de laditte ville.

Luttange

Porte : d'argent à l'aigle de sable, membrée et becquée de gueulles.

La seigneurie de Luttange est assize ès confins du duché de Luxembourg, dans la prévosté de Thionville, à trois lieues de Metz. Il y a cinq ou six villages qui en dépendent. Le dernier du nom et des armes est mort, environ l'an 1530. Cette terre appartenant en partie à un seigneur de la maison de Gournay, lui fut confisquée par l'Empereur Charles V parce qu'il portoit les armes pour le Roy François I, son ennemy ; ensuitte de quoy Jean Money, qualifié artiste de l'Empereur, c'est à dire son Ingénieur, en obtint de luy le don et brevet, dont sa postérité a jouy, jusqu'à ce qu'elle l'a vendue à divers particuliers. Les seigneurs de laditte maison de Luttange estoient vassaux de Lorraine pour quelques dépendances de cette seigneurie scizes en la grande prévosté de Sierck.

Luzelbourg ou Lutzelbourg

Porte : d'or au lyon d'azur.

Maison très ancienne, originaire d'Allemagne, habituée dès longtemps en Lorraine. Il y en a trois branches : Lutzelbourg l'aisnée, Lutzelbourg d'Immerling, et Lutzelbourg de Clemara, prez de Longwy. Ce dernier a quitté sa femme et s'est fait prestre. Il ne reste plus de masle que de la branche d'Immeling.

---

(1) C'est *d'or* qu'il faut lire (Ed. des R.).

Macheville ou Maxéville

Porte : d'argent au pal engreslé de gueulles.

Maison esteinte.

La terre et seigneurie de Maxéville est à un quart de lieu de Nancy. On dit que c'étoit autrefois une petite ville, où il y avoit une tour forte, en laquelle le duc Ferry II allant à la chasse et pris par quelques traistres de sa noblesse fut mené prisonnier sans que Margueritte, sa femme, fille de Thiébaut, comte de Champagne, pust apprendre où il estoit, sinon trois ans après par un recouvreur qui travailloit sur la toitture de cette tour et chantant la chanson de la perte qu'on avait fait de ce prince à la chasse, fut ouÿ de Ferry qui luy commanda de donner advis à la duchesse qu'il estoit dans cette tour, laquelle y fust aussitôt et luy mis en liberté fit razer les murs de Maxéville et les chasteaux de ces traitres, leurs biens acquis et confisqués ; et Maxéville uny au domaine de Lorraine, depuis lequel temps un de leurs descendants qui reste, ne mangeoit jamais en la cour de Lorraine, aux chambelans ou à la table du maistre d'hostel, qu'on ne tournast pointe du cousteau du costé de son ventre en mettant son couvert.

Magnières

Porte : d'argent à trois lyons couronnés de gueulles posés 2 et 1.

Maison esteinte.

Le sieur de Bildstein de Magnières possède ce bourg et le chasteau en dépendant.

Mailly

Porte : d'or à trois maillets de gueulles posés 2 et 1.

Le feu baron de Clinchamps, bailly de Vosges, mort ès trouppes d'Espagne, commandant un corps de cavallerie, estoit de cette maison, venue du Bassigny françois. Il y a une autre maison de Mailly qui n'est pas le bon et ancien Mailly, à quoy il faut prendre garde.

Mais

Porte : de gueulles, à la bande d'argent munie de trois merlettes d'azur.

Maison esteinte. Si c'est Maxe en langage lorrain, c'est un village sciz près de Lunéville.

Malain

Porte : d'azur au sauvage tenant sa massue levée d'or.
Maison esteinte.

Malatour

Porte : chevronné d'hermines et de gueulles.
Maison esteinte.

Le sieur de Fiquémont est seigneur du village et du chas-teau de Malatour, passage de Verdun à Metz, duquel chas-teau les bastions ont esté razés avant la guerre, par ordre du duc de Lorraine, qui en a indemnisé ledit sieur de Fiquémont.

Malberg

Porte : écartelé au premier et dernier d'argent à un escusson de gueulles à une croix ancrée d'or (sic) (1).

Cimier : une couronne d'or surmontée d'un escusson de gueulles posée entre deux proboscides l'une de gueulles et l'autre d'argent.

Maison allemande vassale de Lorraine à cause de ses terres scizes au bailliage d'Allemagne. Le chasteau de Malberg a donné son nom à cette maison.

Mandres

Porte : d'or à une bande d'azur accompagnée de sept billettes de mesme mises en chef 3 et en pointé 3 et 1 ; ce qui s'exprime, en blazonnant, parce qu'y ayant nombre impair, le plus grand se met ordinairement en pointe.

(1) D'argent à l'écu de gueules mis en abîme, écartelé de gueules à la croix ancrée d'argent (Cayon).

Maison esteinte dont Chastenoy de Mandres n'estoit pas yssu et le marquis de Ville est aujourd'huy seigneur de Mandres aux quatre tours prez de Mirecourt.

St-Mange

Porte : d'azur à l'escusson d'or.

Le baron de Ville-Paroy, vivant chambellan du duc Henri II était seigneur dudit St-Mange, village et chasteau sciz en Vosges.

Maison esteinte.

Manonville

Porte : d'or à la croix de sable frettée d'argent.

Jean de Manonville, baron de Roltay fut le dernier de son nom et de ses armes et n'ayant point laissé d'enfans d'Alarde de Chambley, sa femme, que Jeanne de Manonville leur fille unique tous les biens de la maison de Manonville passèrent en celle de Beauvaux par le mariage de laditte Jeanne avec Jean de Beauvaux seigneur dudit lieu, de Sermaise et des Rochettes en Anjou, gouverneur de la ville et du chasteau d'Anger.

Manteville

Porte : d'argent à la tour de gueulles.

Maison esteinte.

La Marche

Porte : d'azur à la croix d'argent, à quatre rocs d'or.

La prévosté de la Marche au Bassigny ducal est une des quatre mouvantes en fief de la couronne de France et est unie au domaine du Barrois. Ceux de cette maison ont autrefois fondé dans Paris le collège de la Marche où sont encore aujourd'huy reçeus et boursiers les enfans originaires de la ville et prévosté de la Marche.

Maison esteinte.

Marcheville

Porte : d'azur à cinq annelets d'or, posés deux, deux et un.

Maison du Barrois esteinte. Il y a Marcheville de Gournay qui est le comte de Marcheville, premier gentilhomme de la chambre de madame la duchesse d'Orléans, frère du feu sieur de Gournay, vivant évesque de Toul, et Marche ville d'Abocourt, de l'évesché de Metz, qui ne luy est pas parent.

Marcossey

Porte : d'azur à un lévrier rampant d'argent, accolé de gueulles bouclé et cloué d'or, armé de mesme.

Maison originaire du duché de Savoye. Jean de Marcossey, comte dudit lieu, seigneur d'Essey, de Haussonville, de Lorquin, de Going, de Dompmartin-sous-Amance et de Passavant, bailly de Vosges ne laissa de N. d'Amoncourt, son épouse, que François de Marcossey, lequel en l'an 1621, âgé de dix-sept ans, fut tué en duel par le feu sieur d'Anderny et mourut le dernier de son nom et de ses armes.

Marley

Porte : de gueulles au lyon d'argent, armé, lampassé, denté, couronné et la queue nouée d'or.

Maison esteinte.

Marteau et non Martel

Porte : d'or à la bande de sable, chargée de trois estoiles d'argent.

Il y a eu quelque dame de ce nom à Remiremont, où sont des chanoinesses séculières, qui font preuves de huit lignes de noblesse paternelle et d'autant de lignes maternelles. Elles se peuvent marier, à la réserve de l'abbesse à qui on le fait promettre ainsy à sa réception. Elles sont chanoinesses séculières par une décision de Rome rapportée par le cardinal Véralduon. Cette église et celle d'Épinal, de Bouxières et de Poussay sont des honnestes hospitaux de la grande noblesse, dont les filles, n'estant héritières ne treuvent pas à se marier sortablement à leur condition, qu'en cas de mort, profession ou manquement d'enfans èz maisons de leurs frères. Vergaville et les dames précheresses ou dominicaines séculières de Nancy estoient de mesme, mais elles sont à présent régulières et sans discernement de qualités hors celles de Remiremont ; les autres se contentent de quatre lignes paternelles et quatre maternelles. Le ruisseau de Voloigne, près de Remiremont, porte des perles dont la pesche valait annuellement cinquante escus aux paysans de la Contrée.

Masuroy

Porte : de gueulles à un escusson d'argent.
Maison esteinte.

Mauléon

Porte : de gueulles au lyon d'or.

Maison très ancienne originaire de Thoulouze, dont la branche de Lorraine n'a plus qu'un gentilhomme qui est en l'armée du duc. Il y a un Mauléon official de l'Evesque de Toul et un frère mort à Nancy longtemps avant la guerre, n'ayant iceluy laissé que ce gentilhomme qui n'a qu'une fille mariée au baron de Fontet. On appelle ceux de cette maison, Mauléon de la Bastide, seigneurie par eux aliénée et possédée à présent par d'autres personnes qui portent le nom de la Bastide.

Maulgiron

Porte : gyronné d'argent et de sable de six pièces, ce qui s'appelle mal gyronné et portant armes parlantes.
Maison esteinte.

St-Maury

Porte : de sable à deux fasces d'argent.

Maison originaire du comté de Bourgogne.

Le feu sieur de St-Mory demeurait au village de Faulx, à deux lieues de Nancy et avoit espousé Françoise de Nogent surnommée de Neuflotte. La branche de Lorraine en est esteinte.

Meny-la-Tour

Porte : d'hermines à trois chevrons de gueulles.

Maison esteinte.

Les sieurs de Vigneulles et de Cherizy, genlilshommes lorrains, sont seigneurs de Mény-la-Tour, bailliage de Toul, et en cette qualité premiers pairs du comté dudit Toul pour prendre les premières seances ez estats s'ils s'y tenoient.

Mercy

Porte : d'or à la croix d'azur.

Cimier : une couppe d'or où naissent cinq roseaux accompagnés de deux testes et cols de paon au naturel.

Le baron de Mercy, général de cavalerie ez armées de l'Empereur avoit espousé la fille unique du feu sieur de Gastinois et de Renée de Savigny, sa femme, iceluy sorti du costé maternel de la maison des Gotz, en laquelle noble Jacques Go de Vicherey avoit espousé Anne Perrin de Dompjullien, sœur de Nicolas Perrin marié à Catherine Aubert, fille de noble Jean Aubert, prévost d'Aspremont, et laditte Aubert fille de Nicolas Perrin marié à Françoise de Wassebourg, fille de noble Jennequin de Wassebourg de laquelle Anne est yssu du costé maternel le sieur Marsal, conseiller à Metz. Renault Et. Go, seigneur de Novian-sur-Moselle, frère de celui de Vicherey, eut pour fils Antoine Go, marié à la fille d'un Maistre des requestes de France, laquelle espousa en secondes nopces le sieur de Lugny, neveu du duc de Bellegarde. Le sieur Gastinois estoit général de la cavallerie du duc de Lorraine en la bataille de St-Laurent contre les Suédois, l'an 1631.

Merlet

Porte : d'azur à trois bandes ondées d'or, et un croissant de mesme au canton gauche.

Maison esteinte.

Merode

Porte : d'or à 4 pals de gueulles, à la bordure engrelée d'azur.

Maison italienne, habituée en Allemagne, où le comte de Mérode a esté général d'armée pour l'Empereur et est vassal de Lorraine, à cause de quelques terres qu'il y possède.

Metternich

Porte : d'argent à trois coquilles de sable 2 et 1.

Le deffunt, archevesque de Trèves, estoit de cette maison originaire de Molsheim en Alsace, où l'on lit sur la porte de l'ancienne demeure de ceux de cette maison : METTER-NICHER HAUSS, c'est-à-dire hostel des Metternich. Le baron de Metternich, neveu dudit deffunt, archevesque, demeuroit souvent sur la frontière de Lorraine et possédoit une forest près de Sarrebourg, donnée à son oncle par le duc Charles IV, duquel il estoit vassal.

Mion

Porte : d'or, écartelé de gueulles.

Maison ancienne dont est yssu le sieur de Mion, beau-frère du sieur de Fabert gouverneur de Sedan.

Mirville

Porte : de sable à quatre lyons cantonnés d'argent.

Le sieur de Mirville a esté gentilhomme ordinaire du duc François II.

Mitry

Porte : d'or à trois tourteaux de gueulles posés 2 et 1.

Cimier : une teste de morin, voilée d'argent.

Maison de Vosges dont il y a plusieurs branches, celle de Mitry, le Maistre d'hostel, dont le fils marié à la fille d'un médecin de Verdun, n'a point laissé d'enfans, celle de Mitry, de Fauconcourt, laquelle subsiste en la personne du sieur de Mitry qui demeure en sa seigneurie de Fauconcourt et Mitry, la grive, c'est-à-dire le Veneur, ayant eu ce surnon du vulgaire seulement à cause du plaisir singulier qu'il prenoit à la chasse.

Mœurs

Porte : d'or à la face de sable.

Les comtes de Mœurs et de Sarwerden demeuroient souvent ez villes de Sarwerden et de Boucquenhom, qui composent le comté de Sarwerden avec plusieurs villages et l'abbaye de Erbitzheim, fort riche et qui faisoit partie du domaine des comtes, lorsqu'ils estoient luthériens. Nicolas de Mœurs, comte de Sarwerden avoit espousé Barbe de Fenestrange. Les ducs de Lorraine ont le droit de Jacques de Mœurs, dernier de la maison et des armes, et néantmoins les comtes de Nassau s'estant emparé dudit comté de Sarwerden, furent assignés à la chambre Impériale de Spire à requeste du duc Antoine, parce qu'ils demeuroient à Sarbrick terre scize sous l'Empire. L'instance dura quatre-vingt ans pendant quoy les comtes de Nassau jouyrent avec interruption de droit jusqu'à ce que le duc François II ayant pris transport des droits du feu duc Henry II son frère, environ l'an 1626, poursuyvit ladite instance qu'il fit juger et fut le comte de Nassau condamné de laisser la propriété et jouyssance dudit comté audit duc François et à la restitution de toutes les recettes et revenus d'iceluy et aux dépens, outre lequel arrest contradictoirement rendu, s'estant prononcé en cassation, (sous le mot de révision) au conseil aulique de l'Empereur deffunt, il fut ordonné par l'arrest contradictoire dudit conseil que l'arrest de la chambre impériale de Spire seroit exécuté, selon la forme et teneur. A l'exécution de quoy le comte de Nassau ayant opposé trois cents mousquetaires et quelques cavaliers, un messager impérial, c'est-à-dire un huissier, le duc François II y envoya de plus grandes forces et se mit en possession du comté de Sarwerden, laissa garnison dans la ville et chasteau de Sarwerden et dans Bouquenhom, fit commandement à tous les luthériens et calvinistes de partir dans certain temps, deffendit, à l'avenir l'exercice de leur religion dans ledit comté et donna cette grande abbaye d'Erbitzheim aux jésuittes de Lorraine pour establir un collège dans ladite ville de Bouquenhom ainsy qu'ils firent. L'Electeur de Trèves est le premier président de la chambre de Spire et, pour ce, le deffunt Electeur Metternich présida au jugement de ladite Instance, mesme l'Empereur ordonna sur le registre présenté par le duc François au Conseil Aulique, que pour la restitution des levées, deppens de l'instance et frais de l'exécution à main armée, en conséquence de la rébellion faite contre l'huissier, ledit duc François seroit mis en possession dudit comté de Sarbrick, de quoy le duc Charles IV, fils du duc François, s'estant saisi, il y mit son armée, fit démanteler la ville de Sarbrick, fit une maison platte du chasteau et puis rendit le comté de Sarbrick au fils du feu comte de Nassau qui y demeure à présent. Le comté de Sarwerden est de l'ancien Mosellan puisqu'il est sciz entre la Sarre et la Moselle, et la maison des comtes de Mœurs et de Sarwerden est esteinte.

Moncel

Porte : de gueulles à cinq annelets d'or posés en sautoir. Maison esteinte.

La seigneurie de Moncel est prez de Lunéville, bailliage de Nancy.

Montarby

Porte : de gueulles, au chevron d'argent.

Un gentilhomme de cette maison originaire de France estoit Maistre d'hostel du duc de Lorraine, au commencement de cette guerre.

Montoy

Porte : palé d'or et d'azur. Maison esteinte.

Le Monthoy ou Montheu est un finage et territoire en

droit et haute justice, moyenne et basse où il ne reste plus qu'une maison seigneuriale et le signe patibulaire, contigu et dépendant de la terre et chastellerie de Dompmartin-sous-Amance. Autrefois il y avoit audit Montoy un chasteau et un village appartenant, en droit de franc alœuf, au comte Olry, le fils duquel appelé Thiedrich vendit, pour soixante livres, son droit de franc alœuf du Montoy au duc Mathieu II et promit d'en relever et reprendre de luy, à cause de son chasteau d'Amance en tous droits de haute justice, moyenne et basse dont le contrat se void encor au trésor des chartes du duc de Lorraine à Nancy, commen- çant en ces termes : *Je Thiedrich chevallier fils de Monsei- gneur Olry chevallier*, etc. Le sieur Périn de Dompmartin possède, à présent, les terres de Dompmartin et du Mon- theu ou Montoy.

Montreulx

Porte : d'argent au léopard lyonné de sable, bordure engrellée de gueulles.

Maison esteinte.

Le feu sieur de Montreux du temps du duc Charles III estoit seigneur haut justicier de Montreux-sur-Saône et, en cette qualité, dépositaire de la souveraineté du lieu par le résultat d'une conférence tenue entre les députés du roy d'Espagne, comme comte de Bourgogne et du duc de Lor- raine, prétendant respectivement ladite souveraineté, jus- ques à ce qu'autrement par eux en eust été ordonné. Le feu sieur Villermin, qui estoit intendant de la maison du comte de Salm, gouverneur de Nancy acheta le droit dudit Montreux et comme il fut recherché après la mort de ce comte pour quelque feuillet changé de son testament, à requeste du duc François second, à cause de Christine de Salm sa femme, héritière dudit comte de Salm. Il se dépouilla dudit Montreux, pour éviter la confiscation de tout son bien. de laquelle terre le duc François ayant jouy, sa vie durant, l'a transmise au duc Charles IV, son fils, qui, comme haut justicier, demeure dépositaire de la souveraineté par luy prétendue audit Montreux contre le roy d'Espagne.

Il y à un autre Montreux au comté de Ferette.

Montrichier

Porte : lozangé d'argent et de gueulles.

Maison esteinte.

More

Porte : de gueulles à cinq roses d'argent bouttonnées de gueulles et mises en sautoir.

Maison esteinte.

Le chasteau de Moré est près du val des Faux en Lor- raine.

La Mothe

Porte : d'or à trois testes arrachées de lyons de gueulles, lampassées de mesme, dentées, allumées et couronnées d'argent.

Maison esteinte.

La Mothe, ville fortifiée de plusieurs bastions par le duc Charles III, dans le Bassigny lorrain, ressort du parlement de Saint-Mihiel a esté razée, après avoir esté prise par le feu roy, reprise par le duc et puis reprise par le roy régnant, en sorte qu'il ne reste plus qu'un hermitage. La prévosté de la Mothe, bailliage de Bassigny est, à présent, du domaine du Barrois. Les chanoines, religieux, et la pluspart des habitans se sont retyrés à Bourmont.

Mousay

Porte : d'argent à deux cottices d'azur, au canton gau- che de sable, chargé de deux annelets d'or.

Le feu sieur de Mousay estoit gentilhomme servant du duc Charles IV avant la guerre. Cette maison est originaire de Gascogne.

Mousson ou Montson

Porte : d'argent à une croix d'azur, semé de croix recroisettées au pied fichées d'or.

Maison très illustre et esteinte. Les armes furent changées en celle du Pont, ville bastie au bas de la montagne de
Mousson de part et d'autre de la Mozelle, sur laquelle,
auparavant, il n'y avait qu'un pont de pierre et une tour
forte pour garder le passage. Après laquelle ville bastie,
appelée le Pont à Mousson, le comté de Mousson fut érigé
en marquisat, sous le nom du Pont à Mousson, par l'Empereur Charles IV estant à Metz.

Thibaut, dernier comte de Mousson, n'ayant qu'une fille,
il la maria au comte de Bar qui portoit de gueulles aux
deux bars addossés d'argent et son fils prenant les armes
du Pont blazonnées cy-après, mit sur le tout les deux bars
addossés d'argent, comme ont toujours esté depuis les
armes des ducs de Bar après l'érection du comté en duché.

Nancey ou Nancy

Porte : d'or à la croix engrellée de gueulles.

Ville capitale et métropolitaine du duché de Lorraine, où
est le chasteau de la Cour. Auparavant le palais du duc
estoit en la rue de l'Estrapade, auquel demeure présentement le grand receveur dudit Nancy, bâti par Ferry III, fils
de Mathieu II, lequel Ferry bastit et fonda le monastère
des dames prescheresses où estoit son palais. René II fit
bastir ledit chasteau de la Cour et augmenta les fortifica-
tions de la ville, qui n'était qu'un village et un chasteau il y
a douze cents ans, appartenant à la maison de Nancy, dont
les régistres du trésor des Chartes, du duc, observent les
noms et surnoms de six seigneurs et six générations consé-
cutives. Le chasteau de cette ville estoit du costé de la
porte Nostre-Dame et s'y voient encore les vestiges entre
ladite porte et les deux tours de la Craffe, basties autrefois
par le baron de la Craffe, prisonnier de guerre à Nancy,

pour le prix de sa rançon, ce village fut eschangé par un seigneur de Nancy contre le village de Lenoncourt, qui appartenait au duc, lequel quitta la demeure d'Amance (que Thiébaut I habitait comme une ville forte pour ce temps là, avant quoy Mathieu tenait ordinairement sa cour à Chastenoy en Vosges) et alla s'habituer à Nancy la vieille, qu'il entoura de murailles et fossés. Le seigneur dudit Nancy, alla demeurer à Lenoncourt près de Saint-Nicolas, possédé longtemps par la maison de Lenoncourt dont il a esté parlé, cy devant, laquelle porte d'argent et non d'or à la croix engrellée de gueulles, et ce seigneur de Nancy faisant ledit eschange conserva son nom (car Edmond du Boulay, héraut d'armes de Lorraine, en son livre de l'Enterrement de Claude de Guise, imprimé à Paris il y a cent ans, distingue Lenoncourt d'avec Nancy et tesmoigne qu'il en restait encore de ladite maison de Nancy, disant : Monseigneur de Nancy qui portoit d'or à la croix engrelée de gueulles venés etc. ; Monseigneur de Lénoncourt, qui portoit d'argent à la croix engrelée de gueulles venoit après. Néantmoins, puisque la maison de Lenoncourt illustre et très ancienne prétend être la vraie et ancienne maison de Nancy, je veux croire qu'elle en a les preuves. Le duc Charles III fit fortifier à la moderne de briques et pierres de taille meslées ledit Nancy auquel il adjousta la ville neuve, fortifiée de mesme, l'an 1600.

Il y a un quarrière de marbre rouge et de marbre gris meslés qui n'éclate point à la gelée, sur la montagne Sainte-Catherine esloignée d'un demi-quart de lieue dudit Nancy.

Nassaw

Porte : d'azur billetté d'or, au lyon de mesme, armé, lampassé et couronné d'or.

Le comté de Nassau, l'une des plus illustres familles d'Allemagne possédait, il n'y a pas cent ans, sept comtés dont celuy de Sarwerden estoit l'un ; mais comme il se

treuve ne luy appartenir, il fut adjugé au duc François II
par arrest de la chambre impériale de Spire ainsy qu'il est
simplement décrit, cy devant, sous le mot Mœurs. Le comte
demeure à Sarbrick et est vassal de Lorraine, à cause des
terres qu'il possède du costé de Vaudrevanges. Il y a en
outre de cette branche de Nassau Sarbrick, Nassau prince
d'Aurenge, Nassau, duc de Deux-ponts et Nassau prince de
la Petite-pierre ou de Rhodes.

Netancourt

Porte : de gueulles à un chevron d'or.
Cimier : une teste de chien limier au naturel.

La baronie de Nettancourt est à l'entrée du duché de
Bar, du costé de la Champagne où le milieu du ruisseau
sépare le comté de Champagne dudit duché. Cette maison
est divisée en trois branches, Nettancourt de Nettancourt
qui demeure au chasteau dudit lieu et fait profession du
calvinisme, Nettancourt de Vaubecourt dont est yssu le
marquis de Vaubecourt, gouverneur de Châlons, qui a des
terres en Barrois, duquel il est vassal, et Nettancourt de
Bettancourt demeurant en son chasteau de Bettancourt, en
Champagne, dont la mère est fille du feu sieur Bardin,
vivant maistre des requestes en Lorraine, d'où il est vassal à cause des biens qu'il y possède. Mais Vaubecourt et
Bettancourt sont catholiques.

Neufchasteau

Porte : d'or à une bande de gueulles chargée de trois
tournelles d'argent.
Maison esteinte.

La ville de Neufchasteau et ses dépendances font partie
du bailliage de Nancy et de celui de Vosges. La princesse
de Phaltzbourg, appelée, présentement, princesse de Lixin
doit jouyr, sa vie durant, dudit Neufchasteau qui est du
domaine de Lorraine.

Nogent

Porte : d'azur semé de croix recroisettées, au pied fichées d'or et sur le tout, un lyon couronné d'or, marqué au cœur de gueulles, armé et lampassé de mesme. Au chef d'hermines chargé d'un lambel à trois pendants de gueulles.

Cimier : un lyon naissant de l'escut.

Baronie ancienne de Champagne, du costé de Chaumont en Bassigny, appelée, à présent, Nogent-le-Roy, unie au domaine Royal. Cette maison estoit autrefois en Picardie sous le nom de Soissons Mareuil et portoit d'azur semé de fleurs de lys d'or, au lyon naissant d'argent en abysme pour brisure. Wambert de Soissons, comte dudit Chaumont et du Chaumontois, baron de Nogent et de Montigny en Champagne, marit de Sophie de Reynel eut pour fils Allard comte de Chaumont et Lohier baron de Montigny qui se battirent et tuèrent en duel pour leurs partages, tellement que le Roy St-Louis confisqua leurs biens. Mathilde, leur sœur, espousa le comte d'Evreux. Hardouyn, second fils dudit Wambert voulant séparer ses frères fut fortuitement tué. Il avoit eu de Blanche de Clermont, sa femme, Sanson baron de Nogent, qui ayant vérifié pour la justification dudit deffunt Hardouyn, ce que dessus, obtint mainlevée de la saisie faitte de la baronnie de Nogent, à requeste du procureur général du Roy. Il espousa Gertrude de la Marche, fille de Guillaume de la Marche et en eut, Robert baron de Nogent, qui ayant tué deux hommes, en se défendant contre le neveu de l'évesque de Langres, duc et pair de France, lequel en jouant aux eschets avoit excité deux dogues contre luy. L'on fit le procès audit Robert. Il s'enfuyt à Commercy avec Margueritte de Grandprey sa femme, chez son parrain Robert comte de Sarbruch, seigneur souverain ou damoyseau dudit Commercy, où pour n'être retrouvé, à cause du grand crédit de cette évesque, il déguisa son nom se faisant appeler le seigneur Champenois, pendant quoi Nogent fut saisi et retenu par Charles VII et depuis appelé Nogent le Roy, de mesme que Montigny le Roy. Dominique, fils dudit Champenois (c'est-à-dire de Robert de Nogent) fut gouverneur de Commercy et espousa Béatrix de Breuil, de laquelle il eut Jean le Champenois (c'est-à-dire Jean de Nogent) maistre des requestes, procureur général de Lorraine, pour René qualifié le Roy René de Sicile, Il espousa Françoise des Hammonetz, fille de Claude des Hammonetz, gouverneur du marquisat du Pont et en eut Dominique le Champenois (c'est à-dire de Nogent) seigneur de Neuflotte qui espousa Madeleine de Gircourt, Gérard le Champenois (c'est-à-dire de Nogent) surintendant des salines qui espousa Jeanne de l'Espée, et Nicole le Champenois (c'est-à-dire de Nogent) mariée à noble Nicolas de Ranfain, capitaine de Condé par commandement du duc Antoine d'où sortit Philippe de Ranfain, ayeulle maternelle de François Perrin de Dompmartin. Dominique a eu pour fils Nicolas de Nogent surnommé de Neuflotte, marié à Marie Alix et auparavant à Jeanne Warin, de laquelle est sorti Madeleine de Nogent ditte de Neuflotte, femme de Philippe du Chastelet, seigneur de Bulgnéville, Dombrot, comte de Bey ; de laditte Alix est sorti Nicolas de Nogent, seigneur de Neuflotte, Forcelles et Mazirot, qui reprit le nom et les armes de Nogent, quittant le nom de Champenois en suite des preuves dont il est parlé cy après et espousa Louise des Buchets, à cause de laquelle feu Robert de Nogent, son fils, mort en duel en Flandres, depuis un an, et son aisné tué d'un coup de canon en la bataille de Saint-Laurent, estoient de l'ancienne chevalerie. Quand audit Gérard le Champenois (c'est-à-dire de Nogent) il eut pour fils François, lieutenant-général au bailliage de Nancy, lequel après avoir fait ses preuves, littérales et vocales, après que le héraut se fut transporté audit Nogent et à Chaumont, avec le sieur Philbert, secrétaire de Lorraine, informé par commission du duc et adjonction du juge de chaque lieu sur l'avis du parlement

de St-Mihiel, des docteurs en droit de l'Université du
Pont, entre lesquels estoit Grégoire de Thoulouze et Bar-
clay et des plus fameux advocats de Nancy après avoir
produit enœ'autres pièces, une reconnaissance par escrit
en parchemin signé dudit Robert, comte de Sarrebruche
et scellé de son scel comme il avoit venu dans sa ville
de Commercy, le dit Robert, qui déguisant son nom,
s'étoit fait appeler le Champenois pour éviter la poursuitte
de l'évesque de Langres.

Margueritte de Grandprey, d'où ledit Dominique père
de Jean était yssu et après avoir vérifié par plusieurs seigneurs du pays qu'ils venaient en droite ligne masculine
du baron de Nogent le Roy, en Champagne, ainsy qu'il
avoit appris du duc Antoine et d'autres, ouy le rapport du
comte de Salm, mareschal de Lorraine, portant que les-
dites preuves estoient parfaites et que les noms et les
armes des anciens barons de Nogent le Roy estoient
deubs audit François le Champenois par droit de nature, il en obtint la déclaration du duc Charles III faite
dans son conseil, l'onziesme avril 1600, qu'il fit lire,
publier et régistrer, l'audience tenant en l'auditoire de
Nancy le 15e juin suivant et de suite prit le nom et les
armes de Nogent, et François, fils de Gérard, eut pour fils
Chrestien de Nogent, seigneur de Villoncourt, Chanteheu
et Wignéville qui de Louise de Xaubourel a eu pour fils
Nicolas et Claude de Nogent décédés en bas âge, en sorte
que ceste maison est esteinte. Les armes de laquelle ledit
Perrin de Dompmartin a écartelé les siennes, comme en
estant yssu du costé maternel.

Noirefontaine

Porte : de gueulles à trois étriers d'or, les étrivières liés
d'azur, posées 2 et 1.

Maison esteinte.

Nourroy

Porte : d'azur au chef d'argent paré d'un lyon naissant
de gueulles.

Maison très ancienne dont est yssu le baron de Cherisey lorrain marié à une dame de Flandres et les dames de Jandelainconrt et de Lespérouse, ses sœurs. Les seigneurs de cette maison ont autrefois possédé la terre de Nourroy devant Metz, d'où est tiré le nom de leur famille.

Oetingen

Porte : d'argent au sautoir de gueulles, à l'orle de vair, ledit sautoir brochant sur le tout.

Maison d'Allemagne vassale de Lorraine, pour les terres qu'elle possède au bailliage d'Allemagne.

Ogéviller

Porte : d'azur à la bande d'argent, munie de trois coquilles de gueulles, cottoyée de neuf billettes d'or posées 4 et 1 en chef et 3 et 1 en pointe.

Henry d'Ogéviller, seigneur dudit lieu et de Neuviller mourut le dernier de son nom et de ses armes, environ l'an 1400, et sa femme Jeanne de Joinville (laquelle estant veufve se remaria à Jean comte de Salm) laissa Béatrix d'Ogéviller, sa fille, et héritière universelle, femme de Jean seigneur de Fénestrange, mareschal de Lorraine, qui mourut aussi le dernier de son nom et de ses armes, n'ayant laissé que deux filles de ladite Béatrix, sa femme, Françoise Barbe de Fénestrange, femme de Nicolas comte de Mœurs et de Sarwerden et Madelaine de Fenestrange, femme de Ferdinand de Neufchastel, seigneur de Montaigu, chevalier de l'ordre du Toison et mareschal de Bourgogne.

Orey

Porte : de gueulles semé de fleurs de lys d'argent à l'escusson d'azur en abysme.

Maison esteinte.

Oriocourt

Porte : de vair à trois pals de gueulles, au chef d'or chargé d'un lyon léopardé de gueulles.

Cimier: un lyon naissant de gueulles accompagné de deux pennes de l'escut.

Maison esteinte.

Le village d'Oriocourt est en Lorraine, du costé de la Vosges.

Orne

Porte : d'argent à cinq annelets passées en sautoir de gueulles.

Maison du Barrois esteinte.

Les Empereurs et autres souverains tyroient autrefois des titres d'honneur, des fleuves et rivières aussy bien que des villes et des villages, pour les donner à des gens de guerre, auxquels ils commettaient le soin de garder les passages, comme aux comtes du Rhin, barons d'Orne, etc.

Ourches

Porte : d'argent au lyon de sable, armé, denté, couronné et lampassé de gueulles.

Cimier : une gerbe d'or.

Le sieur d'Ourches, de cette maison, estoit en Lorraine, l'an 1613, où le village d'Ourches est assis. Il fut tué en duel en 1614.

La maison est esteinte.

Oxey

Porte : d'or à deux lyons léopardés de gueulles.

Maison esteinte.

Le village d'Oxey, dont le terrain est si stérile, qu'il a passé en proverbe dans le pays, est situé au bailliage de Nancy, du costé de Toul et appartient aux héritiers du feu sieur Baillivy, vivant Maistre des requestes en Lorraine, qui en est seigneur.

Oyselet

Porte : de gueulles à la bande vivrée d'or.

Maison originaire du comté de Bourgogne. Une fille de

cette maison a esté reçue dame de Remiremont, qui est une preuve de l'ancienneté de sa noblesse.

Palant

Porte : d'argent et de sable (1).

Maison originaire d'Allemagne habituée en Lorraine lors de la paix, dont les comtes se trouvaient souvent ez assises du bailliage d'Allemagne à Vaudrevange.

Paroye

Porte : de gueulles à trois lyons d'or, à la bordure engrelée d'azur.

Cimier : un lyon naissant d'or, armé et lampassé de gueulles.

Maison esteinte.

Un seigneur de la maison de Haraucourt qui possédoit le village de Paroye s'appelait Haraucourt de Paroye.

Paspaguerre

Porte : d'or party de gueulles à trois fleurs de lys de l'un en l'autre.

Maison esteinte.

Permont

Porte : d'argent à la bande vivrée de gueulles.

Maison esteinte.

Perrin de Dommartin

Porte : Perrin de Domjullien écartelé de Nogent, qui est au un et quatre d'argent à la croix ancrée de gueulles, au deux et trois d'azur semé de croix d'or, sans nombre, recroisettées, au pied fichées et sur le tout un lyon couronné d'or, marqué en cœur de gueulles, armé et lampassé de mesme, au chef d'hermines chargé d'un lambel à 3 pendans de gueulles.

---

(1) Fascé d'argent et de sable (Cayon).

Cimier : deux pennes de l'escut. Supports : deux lyons armés et lampassés de gueulles.

François Perrin de Dommartin, doyen des maistres des requestes ordinaires de l'hostel du duc de Lorraine est yssu de la maison de Perrin de Dompjullien du costé paternel et parce qu'il n'est pas seigneur du bourg dudit Dompjullien, sous Montfort en Vosges, réduit en village pendant la ligue, il adjouste à son nom Dommartin dont il est seigneur, au lieu de Dompjullien. Antoine Perrin, banquier de Montz en Hainaut, son trisayeul se réfugia audit bourg de Dompjullien sur ses biens et sur ceux de Françoise de Wassebourg, sa femme, duquel Antoine et de laquelle Wassebourg, sa femme, il est fait mention dans un acte du treize mars 1530 au registre de l'auditoire de Nancy. Nicolas fils dudit Antoine fut annobly par lettres patentes du duc Antoine de Lorraine du 18 juillet mil cinq cent quinze et les maisons des femmes passent chacune cent ans de noblesse, à la réserve de celle de Jacob qui est du 19 février 1572.

Il y a d'autres Perrin, nobles ou non nobles, qui ne sont point parens, comme il y a des paysans nommés Haraucourt qui ne sont pas de cette maison.

Ledit Perrin de Dommartin du costé maternel est yssu de la maison ancienne des barons de Nogent le Roy, en Champagne, parce que Philippe de Ranfain, son ayeulle maternelle, estoit fille de Nicolas de Nogent, dont Jean de Nogent, Maistre des requestes de René II de Lorraine, estoit petit-fils de Robert, baron de Nogent réfugié à Commercy avec Margueritte de Grandprey sa femme, dont il est parlé sous le nom de Nogent.

De quoy ledit Perrin de Dommartin et de ses quatre races de noblesse du costé paternel sans mésalliance des femmes et sans actes de roture, après l'advis du Héraut de Lorraine, sur l'extrait de ses registres consultés du substitut de M. le procureur général à Nancy, des conseillers au Conseil de ville dudit lieu, advis de sept gentilshommes

de l'ancienne chevalerie, au lieu de l'Assize qui est sup-
primée, a produit plusieurs anciens contrats de mariage,
testaments et partages pour preuves littérales et deux
actes de notorité de la justice de Dompjullien et de Sandacourt employés pour preuves orales, et a obtenu jugement
authentiqne du feu sieur Vignier lors intendant de justice
de Lorraine, le 10 avril 1643, signifié audit Héraut, auxdits
conseillers ou eschevins le 26 octobre suyvant et pour
comble de toutes les formalités requises par le résultat des
États généraux tenus à Nancy, le unziesme avril 1612, et sur
le rapport et advis du feu sieur du Chastelet vivant mareschal de Lorraine, sans qu'il y ait eu appel ni opposition
quelconque ou depuis ce temps là contre ledit jugement, et
neantmoins ledit Perrin de Dommartin n'écartèle ses
armes de celles de Nogent que depuis la mort de Robert de
Nogent, seigneur de Neuflotte, son cousin, dernier masle du
nom et des armes du costé paternel qui a laissé deux sœurs
non mariées, dames de Neuflotte et de Mazirot.

La Petite Pierre

Porte : de gueulles à un chevron d'argent, coupé d'or.
Maison esteinte.

Le village de la Petite Pierre avoisine le comté de Salm,
près de la Broque. Le prince de Rhode, autrement appelé
de la Petite Pierre, parent du duc de Deux-Pontz, demeuroit à Rhodes ou à la Petite Pierre avant la guerre, exer-
çant sur trois villages un droit de principauté régalienne
sous l'Empire, lequel est séparé du Mosellan et du comté
de Salm par le ruisseau de la Broque, au milieu du pont,
au-delà duquel sont assis les village et la forge de fer de
Rhodes, fin comme l'acier et sonnant comme l'argent.

La Pierre

Porte : d'or à la quintefeuille de gueulles percée d'argent.
Maison originaire de Champagne, habituée en Lorraine,
sous le duc Henri II.

Pierrefort

Porte : d'or au lyon naissant de gueulles.

Maison esteinte.

Village et chasteau fort, scis en Voivre, bailliage de St-Mihiel, appartenant au marquis de Lenoncourt, lorrain.

Pittange

Porte : de gueulles à la croix ancrée d'or.

Maison esteinte. Le comté de Pittange au bailliage d'Allemagne est possédé par une branche de la maison de Créhange.

Pont-à-Mousson

Porte : d'azur semé de croix recroisettées au pied fichées d'or.

Maison esteinte. Voyez Mousson.

Il y a présentement Université complette, dont le recteur du collège des Jésuites est Recteur et partant les Jésuittes sont recteurs perpétuelz par la fondation. La ville est agréable à cause de la rivière de Mozelle, qui la coupe et sépare en deux parties. Grande et vaste place environnée d'arcades. chasteau ducal et deux grands monastères fort riches, celuy des Jésuittes et celuy de Ste-Marie Major dont l'abbé est réformé de l'ordre de Prémonstré. Le duc Charles IV, l'an 1641, détacha du bailliage de St-Mihiel la prévosté et marquisat de Pont qu'il érigea en bailliage.

Porcelets

Porte : d'or à une laie passante de sable, armée et allumée d'argent.

Cimier : une teste de porc de l'escut environnée d'un vol d'or.

La maison des Porcellets est originaire de Provence. Le premier qui s'habitua en Lorraine fut André des Porceletz seigneur de Maillane, capitaine de Bruyères, qui, l'an 1542, espousa Catherine de Valhey, de laquelle il eut Jean des Porcelletz, seigneur de Maillane et de Valhey, conseiller d'estat des ducs Charles III et Henri II, et mareschal de Barrois, lequel espousa l'an 1571 Hester d'Aspremont, de laquelle il eut Catherine des Porcellets, femme de Jean-Jacques de Reynach seigneur de Montreux au comté de Ferette, André des Porcellets, seigneur de Valhey, bailly de l'évesché de Metz et gouverneur de Marsal, qui d'Élisabeth de Sarnay ne laissa que trois filles dont l'aisnée est Claude Dorothée des Porcelletz femme de Charles de Tornyelles, comte de Brionne, et Jean des Porcelletz évesque et comte de Toul, abbé de St-Mansuy. de St-Avold et de St-Pierremont, qui a esté le dernier de la branche des Porcellets habituée en Lorraine. Il mourut l'an 1627. Le feu sieur de Maillanne disait pour son jurement ordinaire *d'homme de bien*, titre mémorable qui fut donné à un de ceste maison, sauvé du massacre des Vespres Siciliennes et renvoyé en France comme le plus *homme de bien* des françois, ainsi que remarque dom Pierre de St-Romualde, feuillant, en son trésor chronologique et historique.

Il y a une autre maison de Porcellets en Lorraine, qui vient de certains annoblis du Neufchasteau, laquelle porte d'or à trois pourceaux de sable posés deux et un.

Pouilly

Porte : d'argent à un lyon d'azur.
Cimier : un pélican d'argent.

Le deffunt Simon de Pouilly, baron d'Aisne, mareschal de Lorraine, n'a laissé que deux filles dont l'une est mariée au marquis de Vervins. Il estoit gouverneur pour le duc de Lorraine en la ville et citadelle de Stenay. Le sieur de Pouilly, qui reste de cette maison est gentilhomme à la duchesse de Chevreuse.

Preny

Porte : d'hermines à la croix de gueulles.
Maison esteinte.

La ville et le chasteau de Preny sont voisins du Pont, dépendant du bailliage de St-Mihiel. La tour de Mande-guerre a une grosse cloche qui assemblait autrefois les gens de guerre pour les faire marcher ou les rallier, mais non pour mander le ban ou arrière ban des fiefs du Bar-rois n'y estant pas sujets non plus que ceux de Lorraine, d'où est tirée l'étymologie de son nom : Mande Guerre et le cry ancien des ducs de Bar estoit : Priny-Priny, au lieu que le cry de guerre des ducs de Lorraine estoit : J'espère avoir. ainsi qu'a remarqué Chifflet en son histoire des ducs de Bar.

Prud'homme

Porte : de gueulles à trois chevrons d'or, au chef d'azur chargé d'un lévrier d'argent courant, à collier de gueulles.

Jean Prudhomme, procureur demeurant à Bar, fut anno-bli l'an 1510, dont le descendant masle Blaise Prudhomme vivant doyen des maistres des Requestes, en Lorraine, a esté déclaré gentilhomme le 29 avril 1627 et le comte de Fontenoy son gendre déclaré non recevable par arrest du parlement de Metz, à débattre sa qualité. Il en reste deux fils, l'un pourvu de la charge de Maistre des requestes du duc Charles IV et l'autre sans charge et sans enfans. Quelques-uns rejettent ceste maison de ce rang, pour n'avoir pas eu advis de l'assize, mais arrest du parlement de Metz tenant lieu de cet avis.

Pulligny

Porte : d'azur au lyon d'argent, armé, lampassé et cou-ronné d'or.

Maison esteinte.

C'est un bourg à trois lieues de Nancy où l'on void encore les ruines du chasteau dans lequel demeuraient les seigneurs de cette maison. Le sieur Bourgeois, fils de feu Claude Bourgeois, vivant maistre des requestes en Lorraine, et plusieurs autres en sont, à présent, seigneurs. Les vil-lages de Ceintrey et de Voinémont dépendent de la chas-tellenie de Pulligny.

Raigecourt

Porte : d'or à une tour de sable.

Cimier : une tour de l'escut environnée de deux proboscides d'éléphant d'argent.

Il y a diverses branches de cette maison en Lorraine, ce sont : les anciens barons de Raigecourt de Buzy, à présent marquis, a une sœur mariée au marquis de Beauvaux de Noviant, une autre au baron de Saffre et la troisième au gouverneur du Comté de Bourgogne.

Raigecourt d'Ancerville est une autre branche et Raigecourt de Marly, la troisième.

Rampont

Porte : de gueulles à cinq annelets, passés en sautoir, d'argent, au canton droit d'hermines.

Maison esteinte.

Rarécourt

Porte : d'azur à deux fasces ondées d'or.

Maison voisine du Pont à Mousson, en laquelle ville le feu sieur de Rarécourt faisait sa demeure en temps de paix et non au dit Rarécourt.

Raucourt

Porte : d'argent au lyon de gueulles, armé et lampassé de mesme, couronné d'or.

Maison esteinte, scize en Bassigny vers la Mothe.

Raville

Porte : de gueulles à trois chevrons d'argent, escartelé d'argent, à une croix ancrée de gueulles.

Maison esteinte.

Le particulier qui porte à présent ce nom, dans Nancy estant originaire du village de Raville, mais non yssu de la maison. L'escartellement, qui est d'argent à la croix ancrée de gueulles est la maison de Sept-fontaines, appelée de Siebenbroun en Allemagne et de Sevenborn en Brabant, où le village de ce nom est assis, comme le remarque Chifflet, en son livre intitulé : *Vindiciæ*. Et cette maison est très ancienne ainsi que justifie le livre des Tournois de l'Empire. La maison de Sevenborn a jetté une de ses branches au comté de Hainaut, ses armes estant blasonnées et mises au nombre de celles des gentilshommes dudit comté en la carte qui représente leurs escus et blasons, dans un clos de palissades intitulé : le jardin de la noblesse de Haynaut.

Il se void encore une vieille chasuble de velours rouge en la sacristie des cordeliers de Nancy où sont les armes de Raville écartelées de Sevenborn, ce qui tesmoigne l'alliance de cette maison avec celle de Raville.

Receicourt

Porte : d'azur au sautoir alaizé d'or.
Maison esteinte.

Rechicourt

Porte : de gueulles semé de croix recroisettées au pied fichées d'or, à deux bars adossés de mesme.
Maison esteinte.

Armes approchantes de celles de Bar, à la réserve de gueulles pour azur et bars d'or pour bars d'argent.

Un comte de Réchicourt estant prisonnier de guerre en la tour noire, près de Constantinople, ayant fait dévotement sa prière à St-Nicolas, pour obtenir de Dieu sa délivrance, la veille de sa feste, cinquiesme décembre environ huit heures du soir, il s'endormit et pendant son sommeil ses chaisnes se brisèrent. Il fut miraculeusement transporté dans la grande église de ce saint, au bourg de St-Nicolas à deux lieues de Nancy, où l'on conserve encore un doigt miraculeux du saint et s'éveillant soudainement il se vit à genoux devant l'autel de St Nicolas, chargé du reste de ses chaînes, cadenatz et boulles de fer, environ minuit ; les portes de l'église s'ouvrirent, les cloches sonnèrent, le peuple accourut; on fit une procession aux flambeaux, laquelle dès lors se fait chaque année la nuit du cinquième au sixième décembre, entre dix heures du soir et minuit, où accourent les peuples lorrains de cinq à six lieues à la ronde. La statue de ce seigneur, dernier de son nom et de ses armes, est à genoux contre un pilier de ladite église, auquel sont pendues ses chaînes, parceque quelques années après il y fut inhumé. Son épitaphe contient le récit de cette adventure, son nom, sa famille et la datte du jour de sa délivrance et de sa mort.

Les comtes de Linange possèdent, à présent, le comté de Réchicourt.

Reinech

Porte : d'or à quatre faces de gueulles.

Maison du pays du Rhin, vassale de Lorraine pour les terres qu'elle y possède.

Reingraff

Porte : au un et quatre d'or au lyon de gueulles, armé, lampassé et couronné d'azur, au deux et trois de sable au léopard lyoné d'argent, armé de gueulles. Sur le tout, party au premier de gueulles à trois lyons d'or, au second de Salm coupé de Fenestrange.

Maison illustre d'anciens comtes de l'Empire, originaires du pays du Rhin. La maison de Salm a esté esteinte deux fois. La première venait de Julien de Salm avant la naissance de J.-C. et estoit la vraie maison de Salm. La seconde venait d'un cadet de Lorraine, qui avait emporté ce comté en espousant l'héritière qui restoit de cette première maison de Salm et la postérité de ce prince venant à manquer de masle en ligne directe pour une branche, les collatéraux qui faisoient l'autre branche disputèrent la succession à la fille de la première mariée au Rhingraff (c'est-à-dire au comte du Rhin). Le duc Charles III fut leur arbitre souverain et jugea, l'an 1581, dans Nancy, en con-

séquence de ce que le comté de Salm, assis dans le pays
Mosellan, faisait partie de l'ancienne Lorraine, haute ou
supérieure, comme estant entre les rivières de Sarre et de
Mozelle. Le comté est hors de l'Empire, dans la Lorraine
où les filles des gentilhommes succèdent aux fiefz au deffaut
de frères avant les collatéraux et de suite adjugea la succession de la moitié dudit comté, à la femme dudit Rhingraff, de qui sont sorties quatre branches. La première est
celle du feu prince de Salm, dont le fils a espousé la fille
et héritière du comte de Hanaw. La seconde celle du comte
Otto ; la troisiesme celle du comte Jean et la quatriesme
celle du comte Friedrich, calviniste marié en Hollande.
L'autre moitié dudit comté de Salm demeurant au père de
Cristine de Salm, mariée au duc François II, est obvenue
par son décès au duc Charles IV, son fils.

Removille

Porte : de gueulles à trois faces ondées d'argent.
Maison esteinte.
Le marquisat de Removille est sciz au bailliage de
Vosges et possédé par le marquis de Bassompierre, le père
duquel en portoit le nom.

Renty voyez Crouÿ

Ribaupierre

Porte : d'argent à trois escussons de gueulles posés 2 et 1.
Le comté de Ribaupierre est assis sur la frontière
d'Alsace et de Lorraine.
Maison très ancienne.
Le feu comte de Ribaupierre, possédoit en la prevosté
de Saint-Diey, bailliage de Nancy, le ban de Fraize, con-
sistant en dix villages et partie des mines d'argent de la
Croix. Mais la plupart de ses biens sont sujets à réversion
au duc de Lorraine, faute d'hoir, lequel cas est arrivé
depuis peu de temps.

Richarmini

Porte : de sable au lyon d'or armé, lampassé et couronné de gueulles.

Maison esteinte.

Un seigneur de la maison de Ludre possède aujourd'hui le village et le chasteau de Richarmini, à deux lieues de Nancy.

Richecourt

Voir Cicon, parce que Richecourt n'est pas une maison de nom et d'armes, ains un nom de seigneurie pris par le sieur de Cicon abbé de Saint-Evre-lez-Toul.

Rinach

Porte : d'or au lyon de gueulles, la teste d'azur.

Maison ancienne d'Alsace.

Le baron de Rinach est vassal de Lorraine, pour les terres qu'il y possède et se trouvoit souvent aux assises de Vaudrevange avant la guerre. Cette ville estant la capitale du bailliage d'Allemagne prez de laquelle il y a une minière de fin azur et des pierres d'agathe et de jaspe que le duc François II avoit commencé de faire polir avec grand succès et deffunt Antoine de Lenoncourt, vivant primat de Nancy, a laissé quantité de cet azur préparé, dans son cabinet, qu'il a fait passer dans quelques tableaux pour azur d'Outre-mer.

Rivière

Porte : d'argent, au chef endenté de gueulles.

Maison esteinte.

La Roche

Porte : d'argent à la face de synople, à la bordure de gueulles.

Maison esteinte.

Roche

Porte : de gueulles à sept besans d'or, à la bordure de mesme, posés 3, 3, 1.

Maison esteinte.

Rodenach

Porte : facé d'azur et d'or.

Maison d'Allemagne, vassalle de Lorraine, à cause des terres qu'elle y possède.

Roder

Porte : d'azur à la face d'or, deux roses d'argent en chef et un dez en pointe.

Maison d'Anjou habituée à Toul, par Guillemin Roder, maistre eschevin dudit lieu, et de Toul à Nancy, par Nicolas sieur d'Havrainville marié à Anne de Chastenoy. Androuin Roder mary de Margueritte de la Fosse, fut anobli par le duc Antoine, l'an 1548, le 13 février, neuf ans avant le droit de protection acquis à la France sur la ville de Toul, qui avoit le duc de Lorraine comme protecteur et laquelle est aujourd'huy absolument du Royaume par le traité de Munster. De laquelle maison il y a deux branches. La première Roder de Jubainville, dont il ne reste que Jean Roder de Jubainville, seigneur d'Avrainville et la seconde Roder de Cazenove, dont il ne reste que le filz du feu sieur de Cazenove tous deux lorrains.

Romalcourt

Porte : d'azur à l'aigle d'or.
Maison esteinte.

Rosiers

Porte : lozangé d'or et d'azur.

La maison de Ligniville portait anciennemeut ce nom et ces armes qu'elle quitta depuis que par patentes du duc Ferry II, fils de Mathieu II, du samedi après la Chandeleur en février 1291, la ville de Dompjullien-sous-Montfort et Giroviller, à la réserve de Voiry dudit Dompjullien et de ce que les deux frères de Darpierre, messires Richard et Hugues, chevaliers, avoient en la ville de Vittel, avec la ville de Rosières-aux-Salines, appartenant lors à Jean de Rosières, chevalier, fils de Geoffroy de Rosières, dans lesquelles patentes, le duc réserve le droit de parcours à ceux de Montfort, Saint-Gennes et Remoncourt sur les bans de Dompjullien, de Giroviller et à ceux-ci respectivement sur les bancs des autres ; ce qui montre que lors il y avoit encore des habitans à Montfort et Ligniville qui est un village voisin de Vitel estant depuis acquis par la maison de Rosières, lui a donné le nom de Lignéville, au lieu duquel les seigneurs de cette maison signent à présent Ligniville et portent lozangé d'or et de sable.

Rosières

Porte : de sable à deux faces d'argent.
Maison esteinte.

Le nommé Rosières, vivant archidiacre de l'église cathédrale de Toul (où l'on void toutes ses lignes par son épitaphe) et qui est autheur du livre intitulé : *Stemmata Lotharingiæ ducum,* n'estoit pas de cette maison. Il reste encore quelqu'un de son nom et de ses armes à Saint-Mihiel.

Rotzlar

Porte : d'argent à 3 fleurs de lys de gueulles.
Maison esteinte.

Roucels

Porte : de vair à trois pals de gueulles, au chef d'azur chargé de deux besantz d'or.
Maison esteinte.

La Ruelle

Porte : lozangé d'or et de gueulles.
Maison esteinte dont feu Claude de la Ruelle, vivant conseiller d'Etat en Lorraine n'estoit pas yssu. Aussi n'en portoit-il pas les armes, non plus que quelques autres familles de la Ruelle, au Pont-à-Mousson, néantmoins toutes nobles.

Rugraff

Porte : d'or party de gueulles.

Maison esteinte qui estoit en la cour de Lorraine, sous Charles III.

Ruppe

Porte : d'argent à trois escussons de gueulles, posés deux et un.

Baronnie ancienne, village et chasteau du bailliage de Nancy, que Christine de Salm apporta au duc François II son mary et que le duc Charles IV leur fils possède à présent. Maison esteinte.

Sailly

Porte : de gueulles au lyon d'argent, armé lampassé et couronné d'or.

Maison esteinte.

Le village de Sailly est sciz entre Metz et le Pont-à-Mousson, possédé à titre de douaire par la marquise de Savigny, dont la fille et héritière est mariée au marquis de Sablonière en Brie. George de Savigny, marit de Margueritte de Heu, a possédé Sailly, qu'il a transmis à sa postérité.

Saintignon

.Porte : de gueulles à trois portes ouvertes à deux ventillons d'or posés deux et un.

Maison originaire du Verdunois dont une branche est celle de Saintignon de Verdun et l'autre de Saintignon de Belleville, village en la prévosté de Dieulouart, contigu au petit hameau de Charpagne, autrefois grande ville appelée Carpentum, dans les commentaires de César. Un gentilhomme de cette maison servoit le feu duc François II. Par la généalogie de la maison de la Fosse il se void que Hawy de Saintignon estoit femme de Richier de la Fosse, que Richier II, leur fils, eut Aubriot I, d'où sortit Nicolas qui eut pour fille Margueritte de la Fosse, mariée à Androuin Roder de Toul.

Des Salles

Porte : d'argent à la tour donjonnée à gauche de sable, posé sur une mothe verte.

Ce sont anciens barons et y a deux branches de cette maison ; des Salles du Bassigny françois habituée en Lorraine sous le duc Henri II ; et des Salles de Rortay, ou Roltay, qu'il faut subdiviser en deux branches. La première est celle du baron de Rortay, qui a esté ambassadeur pour le Roy deffunt, en Suède, Dannemark et villes anséatiques. La seconde celle de Rortay Dessales, baron de Gohecourt marié à une fille de feu du Mesnil-Monteval, vivant lieutenant du Roy au gouvernement de Toul, et de Lucie Baillivy, sa femme, l'autre fille estant mariée au sieur des Armoises baron de Bazoille, habituée au Barrois.

Salm

Porte : de gueulles semée de croix recroisettées au pied fichées d'argent, à deux bars addossés de mesme.

Ancien comté dont les seigneurs portaient le nom de Pierre-Percée, chasteau fort sciz sur un roch de sable rouge, dans les bois de ce comté et puis le nom de Salm, à cause du chasteau de Salm dont on void encore les vestiges. Il ne reste plus personne de cette maison de Pierre-Percée ou de Salm, le duc Charles IV possédant la moitié de ce comté comme héritier de Cristine de Salm, femme du feu duc François et le prince de Salm yssu de la maison des Rhingraff, c'est à dire comtes du Rhin, l'autre moitié, sur laquelle les héritiers des feu comtes Otto, Jean et Frédérich Rhingraff qui s'est retiré en Hollande, prétendent prendre leur part ou estre indemnisés en argent. Voyez ce qui en est dit sous le mot Rhingraff.

La ville de Badonviller, d'où le duc François II chassa les calvinistes, le bourg de Senone où il y a un riche abbé, seigneur en partie avec les comtes, le bourg de la Broque, plusieurs villages, des grandes et vastes forestz,

avec des forges et minières de fer dont celuy de Grand-
court approche l'acier, composent le comté de Salm très
abondant en truittes.

Sampigny

Porte : d'azur au chef d'argent, au chevron de gueulles
brochant sur le tout.

Maison fort ancienne esteinte.

Les bourg et chasteau, baronnie et prévosté de Sampigny, sont assis au bailliage de Saint-Mihiel et possédés par
la princesse de Phaltzbourg. Il y a un bois voisin dudit
Sampigny où la tradition du vulgaire veut que sainte
Lucie ayt autrefois planté le bois sec de sa quenouille, qui
ayant miraculeusement jetté des racines, des branches et
des feuilles, s'est multiplié en plusieurs arbres semblables,
par le travail de ceux qui ont planté de ses branches au
mesme terroir. Ce bois de Sainte-Lucie est naturellement
musqué, plus solide que le poirier, et conserve toujours
sa bonne odeur, comme on reconnoist en l'eschauffant au
feu, ou en la pochette, avant que de le présenter au nez.
Il y en a du blanc et du rougeastre, dont on fait des chap-
pelets, des tasses et des statues.

Sansy

Porte : d'azur, à l'estoile de six raies d'or, à la bande
de gueulles munie de trois lyons d'argent, brochant sur
le tout.

Maison fort ancienne esteinte.

La prévosté de Sansy est unie au domaine du Barrois.

Sarbruch ou Sarbrick

Porte : d'azur semé de croix recroisettées au pied fichées
d'argent, au lyon de mesme, armé et lampassé d'or.

Maison illustre esteinte.

Le comté de Sarbrick au-delà de la rivière de Sarre,
dans l'Empire, appartient, à présent, au comte de Nassaw.

Sarley

Porte : gyronné d'argent et de gueulles de douze pièces, au chef de gueulles chargé de trois besans d'or.

Maison esteinte.

Sarnay

Porte : écartelé au un et dernier de gueulles à une tour crénelée d'or de deux pièces et demy et au deux et trois à une croix raccourcie de gueulles.

Cette maison est originaire du Berry.

Claude de Sarnay seigneur de Ville-au-Val, de Sainte-Marie et de Frouart, ne laissa d'Aymée de Saux, sa femme, qu'Elisabeth de Sarnay femme d'André des Porcelets seigneur de Mailhanne et de Valhey, gouverneur de Marsal et bailly de l'Evesché de Metz, qui ne laissa que trois filles, l'une desquelles avoit espousé Charles de Tornyelles, comte de Brionne, l'autre le comte de Suze et la troisiesme le comte de Saint-Amour, desquelles il ne reste que la vefve du comte de Suze.

Sarwerden

Porte : de sable à l'aigle éployée d'argent.

Maison esteinte et tombée par mariage en la maison des comtes de Mœurs et cédée par Jacques de Mœurs au duc Antoine de Lorraine. Comté de Mozellan en deça de la Sarre, adjugé au duc François II, demandeur, ès reprise de procès contre le deffunt comte de Nassaw, qui l'occupoit, demeurant à Sarbrick terre d'Empire, au delà de la Sarre, obvenue par succession au duc Charles IV. Voy. le mot Nassaw.

Savigny

Porte : de gueulles à trois lyons d'or.

Cimier : un lyon naissant de l'escut.

Le marquis de Bassompierre possède aujourd'huy lo village et le chasteau de Savigny. Un seigneur de ceste

maison du temps du duc Charles III, possédoit plus de
cent seigneuries et avoit coutume de menasser les bourgeois de ses quatre-vingt-dix-neuf mairies, en se riant.

Maison des plus anciennes de Lorraine, dont la branche
de Savigny, l'aisnée, est esteinte. La marquise de Savigny,
vefve du fils de ce riche seigneur, ayant marié sa fille
unique au marquis de Sablonière en Brie. La branche de
Savigny de Lémont est aussy esteinte, n'en restant qu'une
fille mariée au marquis de Blainville. Et la branche de
Savigny de Ferrière subsiste encore.

Saulx

Porte : d'azur à un lyon d'or, armé et lampassé de
gueulles.

Cimier : un lyon naissant de l'escut.

Cette maison originaire de France a paru en la cour de
Lorraine, sous le duc Charles III. Aimée de Saulx avoit
espousé Claude de Sarnay seigneur de Frouart.

Schleiden

Porte : d'azur, semé de fleurs de lys d'or, au lyon d'argent.

Maison d'Allemagne vassalle de Lorraine pour quelques
terres qu'elle y possède.

Schmitburg

Porte : de sable à la boucle d'argent, clouée de gueulles.

Cette maison est fort ancienne en Allemagne et est
vassalle de Lorraine.

Segingen

Porte : d'argent à trois tourteaux de sable.

Maison esteinte, laquelle, quoyqu'allemande, estoit vassalle de Lorraine.

Seraucourt

Porte : d'argent à une bande de sable, cotoyée de sept
billettes de mesme, mises en chef, 3, 1 et en pointe 3.

Le feu sieur de Seraucourt estoit chambellan du duc Henry II.

Sernay

Porte : d'argent à la bordure de gueulles. Maison ancienne en Lorraine différente de Sarnay, quoique la prononciation du vulgaire de Lorraine les confonde.

Serrière

Porte : d'argent au lyon léopardé de sable, armé et lampassé de gueulles, couronné d'or.

Maison esteinte.

Il y a encore un autre Serrière en Lorraine.

Serrière (autre)

Porte : d'or à la croix de gueulles. Au premier quartier d'argent au lyon armé et lampassé de gueulles, couronné d'or.

C'est icy le plus ancien Serrière.

Maison esteinte.

La baronnie de Serrière scize en Lorraine est possédée par un seigneur de la maison de Nourroy.

Seullaire

Porte : d'azur à trois flocs d'or en chef et une croix d'or en pointe recroisettée, au pied fichée.

Cimier : une teste sarrazine.

Claude Seullaire de Sendacourt, village et chasteau sciz à deux lieues de Mirecourt fut anobly, le 14 juin 1486. Mengin son filz eut, de sa première femme, Claude Seullaire de Sendacourt qui demeura depuis au Neufchasteau et espousa Catherine fille du noble Mengin Poirson de Vicherey, d'où sortit damoiselle Claude Seullaire mariée à noble Nicolas Perrin de Dompjullien, dont le fils Jean Perrin, seigneur de Dompmartin et mestre des requestes en Lorraine espousa damoiselle Françoise Jacob, fille de Ferry Jacob et eut pour fils François Perrin de Dompmartin, seigneur du Montoy, doyen des mestres des requestes en Lorraine, marié à feue dame Anne Baillivy.

Ledit Mengin Seullaire eut d'Edeline de Salvan, sa seconde femme, (avec laquelle il acquesta la seigneurie de Bouzey). Jean Seullaire, qui prit le nom et les armes de Salvan et espousa Antoinette de Montfleur. François Seullaire, dit de Salvan, seigneur de Bouzey, leur fils espousa la fille de Remy de Thuillières, sieur d'Hardémont. Christophe Seullaire appelé vulgairement de Bouzey, leur fils, ayant quitté le nom et les armes de Seullaire et de Salvan entra dans l'assize de Nancy, comme ancien chevalier sous le nom et les armes de Bouzey. Il espousa N. de Joinville, d'où sortit Henry de Seullaire dit de Bouzey, lequel a espousé Anne de Condé ditte de Clévant, le tout justifié par le registre de la recherche des nobles du bailliage de Vosges, au feuillet 72, par l'extrait du trésor des Chartes du duc contenant la patente de l'anoblissement dudit Claude Seullaire fait par René II, contrat de partage du 23 febvrier 1502, contrat d'eschange du 18 mars 1538, Codicille du 10 avril 1572 et actes de notoriété des justices de Dompjullien et de Sendacourt du 24 juillet 1635. Les armes de Seullaire estant blazonnées en laditte lettre d'anoblissement, au registre des nobles, feuillet 12 et peintes ès-vitres de la chapelle dudit Sendacourt. Ainsy François Seullaire, dit de Salvan estoit avec raison qualifié honoré seigneur et conséquemment tenu pour gentilhomme èz-registres des assizes des Vosges comme témoigne le registre héraldique au feuillet 72. Et, en effet, il estoit quatriesme noble, sans mésalliance, d'où s'ensuit que sa femme fille de Remy de Tullier, sieur d'Hardémont, estant de l'ancienne chevalerie, Christophe, leur fils, pouvoit entrer légitimement en l'assize et passer pour ancien chevalier à cause de sa mère, sous le nom de Seullaire.

Sierck

Porte : d'or à la bande de gueulles, chargée de trois coquilles d'argent.

Ancienne maison des barons de Sierck esteinte de long-temps. On void en l'église des Chartreux de Rettel, à une demie lieue de la ville de Sierck, au-delà de Metz et de Thionville deux tombes ou apparaissent à demy-bosse les figures et les armes des deux derniers barons de Sierck.

La Landschulterie, c'est à dire la grande prévosté dudit lieu, fait partie du bailliage d'Allemagne, Lorraine mosellanique, unie au domaine.

Le chasteau est assez fort du costé de la ville, dont toutes les maisons sont couvertes d'ardoises et celles même des villages circonvoisins, cette couverture y estant abondante et à meilleur marché que la tuille.

Sirey

Porte : de gueulles à une croix ancrée d'or.

Baronnie scize au duché de Bar.

Le baron de Sirey avoit espousé la fille du feu sieur de Marainville, vivant secrétaire d'Estat de Lorraine.

Solms

Porte : d'or au lyon d'azur armé et lampassé de gueulles.

Maison très ancienne, esteinte.

Sorbey

Porte : d'argent à une estoile de sable, supportée d'un croissant de gueulles, à la bordure de mesme.

Maison esteinte.

Sorbey (autre)

Porte : d'azur au chef d'argent à un lyon léopardé de gueulles, brochant sur le tout.

Maison de Vosges esteinte.

Souilly

Porte : d'azur à la croix d'argent, au premier quartier losangé d'or et de sable.

Maison esteinte.

La prévosté de Souilly fait aujourd'huy partie du bailliage de Bar.

Souxey

Porte : de sable au lyon d'or armé et lampassé de gueulles, à la bordure d'or.

Maison des Vosges esteinte.

Souxey (autre)

Porte : d'or à deux faces de sable.

Maison de la Lorraine esteinte.

Soxey

Porte : d'argent à l'escusson de gueulles en cœur.

Maison de la Lorraine esteinte.

Stainville

Porte : d'or à la croix ancrée de gueulles.

Cimier : une pomme de pin de synople.

Les maisons de Boulay et de Damas portent les mesmes armes que Stainville. Ville, baronnie, prévosté et chasteau à deux lieues de Bar, appartenant au duc François II, à cause de feu Christine de Salm, sa mère. La branche de Stainville de Couvonges demeure en sa belle maison de Couvonges à deux lieues de Bar. Son fils estant mort au service du feu roy et son petit-fils servant actuellement. La branche de Stainville de Verzay subsiste, aussi, en la personne du seigneur de ce nom, qui demeure en son chasteau de Demenge aux eaux, prévosté de Gondrecourt. Le chasteau, Barrois de mouvance. Stainville de Sorcy n'estoit pas de cette maison, ains des Merlins de Bar.

Strepigny

Porte : de gueulles à trois coquilles d'or mises en bande accompagnées de deux cottices d'argent.

Le baron de Strepigny estoit en la cour de Lorraîne, sous le duc Charles III.

Tantonville

Porte : burellé d'argent et de sable.

Maison esteinte.

Le comté de Tantonville à six lieues de Nancy, bailliage du comté de Vaudémont estoit possédé par deffunt Ferry de Ligniville, qui n'a laissé qu'une fille mariée au comte de Montchal, françois.

Tavagny

Porte : écartelé au un et quatre d'azur à trois testes de griffons arrachées d'or, deux en chef affrontées et l'autre en pointe ; et aux deux ou trois emmanchées d'argent et de sable, florencé de l'un en l'autre.

Le feu sieur de Tavagny estoit bailly du comté de Vaudémont et demeuroit à Vézelise, quoique la capitale dudit comté soit Vaudémont. Son fils est mort et n'a laissé que des filles.

Tellod

Porte : d'argent à trois faces de sable.

Maison esteinte.

Le village de Thélod est assis au comté de Vaudémont et annexé à la recepte du comté de Chaligny appartenant au duc François III, comme estant l'appanage du feu duc François II, son père.

Thomesson

Porte : d'argent à la bande d'azur chargé de trois fermoirs d'or.

Maison fort ancienne.

Tillon

Porte : de sable à deux espées d'argent mises en sautoir garnies d'or, ayant la pointe en bas.

Cimier : une hure de sanglier au naturel.

Maison fort ancienne originaire d'Anjou, dont un seigneur suyvant le duc René Ier, en Lorraine, s'y habitua. Un de ses descendants fut grand maistre de l'hôtel du duc Antoine et prit le nom de Hardy, adjousté au nom propre et suivy du surnom de Tillon pour tous ses descendans que l'on appelle encor Hardy de Tillon, mesmes obtint en don, du duc, les villages de Bouxières-aux-Chesnes et d'Escuelles, sujetz à reversion faute d'hoirs, pour avoir fait une action très généreuse en guerre, et sauve la vie du prince.

Le sieur de Tillon demeure présentement à Nancy et a espousé une des filles du sieur Selve, vivant président à Metz.

Tornyelle

Porte : de gueulles à deux masses d'or et au milieu des dites masses un escusson d'or chargé d'une aigle éployée de sable, ayant une couronne d'or au col, et une pareille à la teste.

Charles de Tornyelle, comte de Brionne, marquis de Gerbéviller qui reste seul de cette maison avec deux fils de feu sa première femme, fille du sieur de Maillane porte, à présent, les dittes armes simples, au lieu que cy-devant il portoit écartelé de Chaland, d'Arbord, de Mioland, de Bauffremont, de Portugal, de Chastelet et d'Aoust vicomté, sur le tout de Tornyelle ou Tornyelli, maison originaire de Novarre en Milanais, laquelle il dit estre venue de Hongrie. Ce seigneur possède aujourd'huy deux comtés dans l'estat de Milan, Brionne et Solarolle. Sa famille est l'une des soixante qui composent le Sénat Milanois, auquel il aurait voix délibérative s'il demeuroit dans cet estat et ainsi exempteroit des taxes que le roy d'Espagne, comme duc de Milan a droit d'imposer sur les biens féodaux des autres pour subvenir aux guerres et charges ordinaires et extraordinaires dudit Estat qui espuisent presque tout le revenu de ces deux comtés.

Ce seigneur est aussy grand chambelan du duc de Lorraine et, en cette qualité, estoit garde des seaux de cette province avant la guerre, sans en porter le titre et faisoit sceller les patentes en sa présence par le premier vallet de chambre du duc, sans entrer pour ce en compétence avec le chef du Conseil n'y y tenir d'autre rang que de conseiller d'Estat d'espée.

Torsviller et Créhanges

Porte : écartelé au un et quatre d'argent à la face de gueulles au deux ou trois de gueulles à une croix ancrée d'or qui est de Pittange.

Cimier : un vol armorié de l'escut.

Maison très ancienne habituée sous le duc Charles III sur la frontière du bailliage d'Allemagne.

Toullon

Porte : d'azur à la croix pleine d'argent à un lambel à trois pendans de gueulles brochant sur le tout.

Tounoy

Porte : d'azur à la croix d'argent accompagnée de dix-huit fleurs de lys d'or posées en face, 5, 5 et en pointe 4, 4.

Maison esteinte, à trois lieues de Nancy, possédée par le vicomte d'Estoges.

La Tour en Ardennes

Porte : de sable à la croix d'argent chargée en cœur d'une tour d'or, accompagnée de quatre fleurs de lys de mesme.

Maison habituée en Lorraine sous René II et esteinte sous le duc Henri II.

La Tour Landry

Porte : d'or à la face crénelée de trois pièces de gueulles.

Maison originaire d'Anjou habituée en Lorraine sous René Ier duc de Lorraine et d'Anjou et esteinte sous Charles III.

La Tour en Woivre

Porte : de gueulles à six léopards allans et se rencontrans d'or.

Maison ancienne dont estoit yssue le feu sieur de Savonnière, vivant gouverneur de Liverdun, au pays de Toul, marié à N. de Baillivy, dudit Toul, qui ont laissé un fils.

Tourotte

Porte : de gueulles au lyon d'or, couronné, armé et lampassé d'argent.

Maison fort ancienne, esteinte.

Trestondan

Porte : d'azur à deux cottices et trois chevrons d'or en bande.

Il y a eu un commandeur de Saint-Jean du vieil Astre lez Nancy du nom et des armes de Trestondan.

Triconville

Porte : d'or à une tierce de gueulles en bande.

Le baron de Triconville estoit lieutenant pour le duc Charles III au gouvernement de Nancy, sous le comte de Salm gouverneur dudit Nancy. Il ne laissa qu'une fille mariée au fils d'Arnoud Color de Linden.

Tullier

Porte : d'or à la clef périe en pal de gueulles, billetté de mesme.

Maison très ancienne et esteinte qui possédoit la seigneurie de Hardémont alliée à la maison de Seullaire,

d'autant qu'une fille de la maison de Tullier de Hardémont avoit espousé François Seullaire dit de Salvan, dont
le fils prit le nom et les armes de Bouzey.

Vadoncourt

Porte : d'azur à une bande d'or cottoyée de sept billettes
de mesme, posées en chef 2 et 1, et en pointe 3 et 1.

Maison fort ancienne esteinte.

Valhey

Porte : d'argent à une bande engreslée de gueulles,
cottoyée de douze billettes d'or, 6 en chef et 6 en pointes,
posées 3, 2, 1.

Maison esteinte.

Le feu sieur des Porceletz seigneur de Mailhanne,
l'estoit aussi de Valhey, dont le chasteau, scis en Lorraine,
a esté bruslé par les gens de guerre.

Vaillot de Valleroy

Porte : d'argent à trois fusées d'azur, chargées de croix
recroisettées au pied fichées d'or.

Jean Vaillot médecin à Nancy estoit originaire du village
de Damblain en Vosges. Son fils qui estoit secrétaire
d'Estat du duc fut déclaré gentilhomme, comme yssu de
Jean Willot dudit Damblain lequel avoit été annobly par
René d'Anjou pour l'avoir servy en guerre. Ce secrétaire
acquesta la seigneurie de Valleroy-aux-Saulx et obtint
permission du duc Henri II de signer Woillot. La déclaration de gentillesse fut faite le 15 avril 1626 sur le rapport
du mareschal de Lorraine, sur l'advis de l'assize de Nancy.
Ce n'est pas un contredit suffisant que Jean Vaillot, médecin, se soit fait annoblir par le duc Antoine, puisque ses
successeurs ont pu renoncer à cet anoblissement. Et quant
à ce que le registre du Héraut porte que Jean Willot n'a
jamais esté marié, il faut croire que Jean Vaillot secrétaire d'Estat a trouvé depuis, son contrat de mariage.

Varise

Porte : d'argent à la face de sable.

Maison très ancienne esteinte sous le duc Henri II.

Le village et le chasteau de Varise sont assis au bailliage d'Allemagne, du costé de Dieuze.

Vaubecourt

Porte : d'or au chevron de sable.

Maison ancienne de la frontière du Verdunois et de Champagne, esteinte.

Le village et le chasteau de Vaubecourt sont possédés par le marquis de Vaubecourt, qui est de la maison de Nettancourt.

Vaudémont

Porte : burelé d'argent et de sable de douze pièces.

Cette maison très illustre possédoit le bailliage du comté de Vaudémont, celui de Châtel-sur-Moselle, la terre de Bainville et le comté de Chaligny, racheté du duc de Mer- cœur par le duc Henri II, en racheptant le marquisat de Nomeny. Le comte demeurait au château de Vaudémont et ce fut l'apanage d'Antoine frère du duc Charles II. Henry IV comte de Vaudémont fut le dernier de son nom et de ses armes. Il fut tué à la bataille de Crécy, l'an 1346 et avoit espousé Marie de Luxembourg, fille de Henry de Luxembourg, Empereur, de laquelle il n'eut point d'en- fants. Le comté de Vaudémont eschut par sa mort à Margue- ritte de Vaudémont, sa sœur, femme d'Ancel baron de Jainville qui vescut plus de cent ans et à Béatrix fille de Hugues de Bourgogne. Lesquels Ancel et Margueritte eurent plusieurs enfans dont l'aisné fut Henry de Jainville, comte de Vaudémont, cinquiesme du nom, qui de Marie de Luxembourg fille de Guy comte de Saint-Paul et Ligny laissa deux filles ses héritières, Margueritte femme de Ferry de Lorraine, fils du duc Jean auquel elle apporta Vaudémont et Joinville et Alix femme de Thiébaut de

Neufchastel, chevalier de l'ordre du Toison et mareschal de Bourgogne, auquel elle apporta Chastel-sur-Moselle et Chaligny, lesquels tombèrent en la maison de Lorraine par l'extinction de la maison de Neufchastel, attendu que Margueritte femme de Ferry de Lorraine estoit sœur et héritière de la dite Alix. Dans lequel comté de Vaudémont le village de Fecaucourt a une quarrière de Gez parfaitement beau et noir, et en grande quantité, que le duc François II a fait employer avec succès. On en peut faire des cabinetz.

Vaudoncourt

Porte : d'or à la bande d'azur, accompagnée de sept billettes de mesme; 2 et 1 en chef, 3 et 1 en pointe.

Maison esteinte de fort longtemps, scize prèz de la ville d'Estein à présent possédée par la femme de Jonathas du Hautoy, frère puisné au sieur de Nubécourt.

La Vaux

Porte : de sable à trois tours d'argent posées 2 et 1.
Cimier : un tambour du naturel.

Les sieurs de Gironcourt qui estoient de l'assize portent le nom et les armes de La Vaux. Leur père estoit lieutenant des gardes du corps de Henri II et avoit espousé la fille de l'argentier Chastenoy, gendre de Nicolas de Ranfain et de Nicole de Nogent. Ils sont seigneurs de Gironcourt en Vosges, dont le sieur de Villarceaux fit razer le chasteau lorsqu'il estoit intendant de Lorraine. La branche de l'aisné appelé La Vaux qui avoit espousé la fille du président Pougnant de Saint-Mihiel est esteinte. Le bastard de La Vaux, fort renommé pour sa valeur, fut légitimé par le duc Antoine.

Vendières

Porte : d'argent à l'escusson de gueulles.
Maison esteinte.
Le village est près de Pont-à-Mousson, bailliage de Saint-

Mihiel, possédé par le sieur de Vendières, qui est de la maison de Failly.

Vernierange

Porte : eschiqueté d'argent et de sable.
Maison esteinte.

Veroncourt

Porte : d'azur à trois lyons d'or couronnés de mesme.
Maison esteinte.

Le sieur Alix vivant président en la chambre des Comptes de Lorraine, acquesta la seigneurie de Veroncourt, fit déclarer ses filz gentilhommes par patentes du duc Henry II et obtint de luy permission de leur faire porter le nom et les armes de Veroncourt. L'un des fils est jésuitte et l'autre est mort non marié. Il est resté trois filles mariées aux sieurs de Remennecourt, de la Chaussée et de Ligniville.

Verrière

Porte : d'argent au chef de gueulles chargé de trois anneletz d'or.

Le feu sieur d'Amanty seigneur dudit lieu et de Monbras, près de Gondrecourt le chasteau, estoit de cette maison. Sa femme estoit dame d'honneur à la duchesse mère, vefve du duc Henry II.

Vertheim

Porte : d'argent à deux faces de gueulles, écartelé d'azur au chef d'or, chargé d'un aigle naissant de sable. Maison d'Allemagne, vassalle de Lorraine pour les fiefs qu'elle y possède.

Vicrange

Porte : d'argent à trois merlettes de sables posées 2 et 1.
Maison esteinte.

Vidrange

Porte : d'azur à trois cignes d'argent, posés 2 et 1 membrés de gueulles, écartelé et tranché d'or sur gueulles.

Un gentilhomme de ce nom estoit secrétaire d'Estat du duc Antoine. Il espousa une fille de l'ancienne chevalerie. C'est une grande prudence aux seigneurs de ne point négliger les grandes charges de la noblesse, le moyen le plus sur et le plus facile pour conserver les droits de la noblesse.

Vienne

Porte : de gueulles à l'aigle d'or.

Maison très ancienne esteinte.

La prevosté de Vienne est du bailliage de Bar. Il est fait mention d'un baron de Vienne conseiller d'Estat et grand Chambelan du duc Antoine en plusieurs patentes de Lorraine.

Vigneulle de Massey

Porte : d'azur à cinq annelets d'argent posés 2, 2 et 1.

Il y a un gentilhomme de cette maison qui est seigneur de Massey-sur-Woyse, prévosté de Gondrecourt, le chasteau Barrois de mouvance, et est aussy seigneur en partie de Mesnil-la-Tour, pays de Toul. On l'appelle Vigneulle-de-Massey pour le distinguer du marquis de Vigneulle, françois.

Ville

Porte : d'or à la croix de gueulles.

Cimier : un chappeau de comte, de gueules doublé d'hermines.

Il y a plusieurs familles du nom de Ville ; mais celle-cy est Ville-sur-Illon, ville et chasteau scitués au bailliage de Vosges à trois lieues de Mirecourt. Le dernier du nom et des armes de cette seigneurie vivoit encore l'an 1500 et s'appelait Collignon de Ville, lequel de Mahaut de Ville, sa cousine, fille d'Antoine de Ville, et de Catherine de

Deuilly, ne laissa qu'une fille héritière de tous ses biens, qui espousa Chrestophe de Bassompierre, auquel entre autres biens elle apporta la seigneurie de Ville ērigée en marquisat, en faveur de Charles Henry de Livron, à qui elle est obvenue en partages par le décès de Gabrielle de Bassompierre, sa mère.

Villers

Porte : de gueulles à deux bâtons d'argent, mis en bande, accompagnés de cinq estoiles de mesme mises en sautoir sur l'escut 1, 3, 1.

Maison esteinte.

La seigneurie de Villers est à deux lieues de Nancy, dépendant du chasteau de Remicourt.

Saint Vincent

Porte : d'or au taureau de gueulles, au canton senestre d'argent chargée d'une croix pattée de gueulles, écartelé d'or à une cloche bataillée de gueulles.

La femme du deffunt baron de Saint Vincent estoit de la maison de Toulongeon et le mareschal de Toulongeon en la cour du duc de Bourgogne, commandant le secours, donné par ce prince à Antoine de Lorraine, comte de Vau-démont contre René 1er dit d'Anjou, prit prisonnier de sa propre main, ledit René, à la bataille de Bullegnéville. La vefve du feu sieur de la Fosse, qui demeure à Toul est fille dudit de Saint-Vincent et de la ditte Toulongeon.

Viviers

Porte : bandé d'or et d'azur de six pièces à la bordure de gueulles.

Maison très ancienne et esteinte de longtemps.

La baronie de Viviers estoit possédée par le feu duc François II, à cause de Christine de Salm, sa femme. Il y avait fait bastir un fort beau chasteau, qui a esté rasé par ordre du Roy de France.

Waltreich

Porte : bandé d'azur et d'or de huit pièces.

Maison très illustre esteinte de fort longtemps.

Elle possédait le Waltreich, qui fait partie des Estats de Lorraine, vers la rivière de Sarre.

Watronville

Porte : d'or à une croix de gueulles.

Cimier : une grue d'argent supportant une pière de mesme.

Maison fort ancienne habituée au Barrois sous le duc Antoine.

Un seigneur de cette maison commande un régiment de cavalerie pour le Roy.

Wilts

Porte : d'or au chef de gueulles.

Le baron de Wilts demeuroit souvent au bailliage d'Allemagne et estoit vassal de Lorraine. Il a esté depuis gouverneur de Thionville pour le roy d'Espagne.

Wisse

Porte : d'argent à trois testes de morins.

Cimier : une teste de morin naissante, voilée d'argent.

Olry Wisse seigneur de Gerbéviller, bailly de Nancy, fils de Jean Wisse et de Catherine de Lénoncourt mourut l'an 1530. Sa femme fut Mayelle de Paroye fille de Fery de Paroye et de Madelaine du Chastelet, de laquelle il n'eut point d'enfans et mourut le dernier masle de son nom et de ses armes. Ses héritiers furent Margueritte Wisse, sa sœur, femme d'Henry de Ligniville, bailly de Vosges et Madeleine Wisse, son autre sœur, femme de Huot du Chastelet, seigneur de Douilly et de Bullegneville.

Discours

Advertissement

Ce serait un travail infiny de rechercher toutes les alliances des Lorrains avec les nations voisines. Il suffit de rapporter icy les principales en y observant le mesme ordre qu'auparavant.

Amboise

Porte : pallé d'or et de gueulles c'est à dire de six pièces.

Le chasteau d'Ambotse est prez de Tours. Le cardinal d'Amboise estoit de cette maison.

Chiny

Porte : burellé d'or et de gueulles, au lyon de sable brochant sur le tout. Le comté de Chiny est scitué prez de l'abbaye de Saint-Hubert en. Ardennes La maison en est esteinte de fort longtemps et ce comté uny au duché de Luxembourg.

Deltouf de Pradine

Porte : d'argent écartelé de sable à la bordure engrelée de gueulles, sur le tout chevronné d'or et de sable de quatre pièces, au lambel de gueulles à trois pièces.

Dinteville

Porte : de sable à deux léopards d'or mis l'un en l'autre.

Cimier : une hure de sanglier au naturel.

Espinal (au Pays-Bas)

Porte : d'azur à trois chevrons d'or, au chef échiquetté d'argent et de gueulles de quatre traits.

Maison esteinte.

Hanaw

Porte : d'or à trois chevrons de gueulles.

Après les maisons des électeurs, celle-cy tient des premiers rangs. Heninges en son théâtre généalogique la commence par Albert comte de Hanaw, qui avoit espousé Hedwige, fille de Raimbaut, duc de Franconie qui vivoit l'an 680.

La ville de Hanaw est assise à mille pas ou environ de la rivière du Mein, à deux lieues au-dessus de Francfort.

Reinhart, comte de Hanaw, décédé l'an 1451, laissa deux fils qui firent deux branches, de Catherine, comtesse de Nassaw. Reinhart qui estoit l'aisné succéda aux comtés de Hanaw et de Muntzemberg. Philippe qui estoit son cadet espousa Anne, héritière de Louis de Lichtenberg, d'où est venue la branche de Hanaw-Bosweiller.

La branche de l'aisné fut esteinte, en janvier 1642, par le décès de Jean-Ernest et comme ce comté et ses autres terres estoient fiefs masculins, ses filles en ont esté exclues et le tout dévolu par droit successif à Frederick, Casimir, Jean, Philippe et Jean Reinhart frères, fils de Philippe Wolfang, comte de Hanaw Lichtenberg, seigneur de Bosweiller et Lichtenaw, au nom desquels le baron de Fleckstein, leur tuteur, prit possession de la ville et du comté de Hanaw, le premier febvrier 1642.

Les Haulzes Duglique

Porte : d'or au pal de gueulles.

Maison esteinte.

Haynaut

Porte : d'or à trois chevrons de sable, le premier coupé.

Ce sont les anciennes armes du comté de Haynaut, l'une

des dix-sept provinces des Pays-Bas, lesquelles armes ont été changées par ceux de cette maison esteinte de long-temps.

Le dernier a esté Jean, comte de Haynaut qui de Philippe de Luxembourg, entre autres filles, laissa Marie de Haynaut, femme de Louis de Bourbon, laquelle portoit un lyon de sable en champ d'or, écartelé d'or à un autre lyon de gueulles.

Hollefels ou Hochfels

Porte : de gueulles au fermail d'or.

La maison de Hochfels, c'est à dire Hauteroche est très ancienne, originaire du pays de Luxembourg, esteinte de fort longtemps.

Isembourg

Porte : d'argent à deux faces de sable.

Le comté d'Isembourg est en Allemagne. Ce comte alloit ordinairement se divertir à Cologne avant cette guerre et Jean de Werth qui estoit son palefrenier, s'estant jeté dans les armées d'Allemagne, pour quelque batterie qui s'estoit faitte à Cologne est devenu général et a espousé une comtesse.

La maison d'Isembourg est différente de celle d'Arentiers bien que les armes soient semblables.

L'Huillier ou Luillier

Porte : d'azur à trois coffins d'or 2 et 1.

Un gentilhomme de cette maison estoit capitaine de la Bastille à Paris, il y a plus de 120 ans. Maison alliée à celle de Carouge et celle-cy à Christine de Salm, femme du duc François II de Lorraine.

Il y a une autre maison de L'Huillier qui porte dans ses armes trois barils d'huile, non alliée en Lorraine.

Limbourg ou Limburg

Porte : d'azur à la face échiquettée de gueulles et d'argent de deux traitz, accompagnée de quatorze billettes posées en chef quatre et trois de mesme en pointe.

La maison des comtes de Limbourg, illustre en Allemagne, est esteinte de longtemps. Le duché de Limbourg est entre le pays de Cologne et de Liège.

Saint Loup

Porte : d'or à trois faces de gueulles.
Maison de Bourgogne.

Mandrecheit

Porte : d'or à la face vivrée de gueulles.
Maison d'Allemagne.

La Marck

Porte : d'or à la face échiquettée de gueulles et d'argent de trois traits, au lyon naissant de gueulles en chef.

Cimier : une teste de beuf de sable accornée d'or, couronnée et échiquettée de l'escut.

Marsy

Porte : d'azur semé de fleurs de lys d'or au lyon de mesme brochant sur le tout.

Mesancy

Porte : d'or à trois pals de gueulles.

Monclef

Porte : d'argent à la clef périe en pal, de gueulles.

Montbéliard

Porte : de gueulles à deux bars adossés d'or.
Maison esteinte.

Comtes princiers d'Allemagne en deçà du Rhin cottoyant l'Alsace.

Les anciens comtes de Bar, Ferrette et Salm portoient les mesmes armes à la réserve des bars que quelques-uns portoient d'argent, peut-estre pour brisure. Le duc de Wirtemberg possédoit ce comté avant la guerre.

Neufchastel

Porte : d'argent à la face de sable.
Maison esteinte.
Ferdinand de Neufchastel estoit mareschal de Bourgogne.

Reipoltzkich

Porte : de synople à l'ancre renversée d'argent, cantonnée de six billettes l'une sur l'autre, écartelé d'argent à une roue de sable.
Maison d'Allemagne esteinte.

Riverscheit ou Rifercheit

Porte : d'argent à l'escusson de gueulles, au lambel à trois pendants d'azur.
Maison d'Allemagne.

Rist ou Riche

Porte : de gueulles à deux cignes naissant d'argent, couppé d'or.
Maison d'Allemagne.

Saint Seigne

Porte : de gueulles à trois jumelles d'or.

Sourgs

Porte : de gueulles à la bande d'or munie de trois coquilles de sable.

Spanheim

Porte : échiquetté d'argent et de gueulles.
Maison d'Allemagne.

Faust de Strombourg

Porte : échiqueté d'or et de gueulles, la première pièce chargée d'une estoile de sable à six rays.
Maison d'Allemagne.

Thierstain

Porte : d'or à la biche de gueulles posée sur une motte de sinople.
Maison d'Allemagne.
Les comtes de Thierstain, chasteau scis du costé de la Suisse en un terroir sablonneux et stérile ont donné le commencement à une des plus grandes maisons de la chrétienté. Voy. le livre des affaires et prétentions de la France et de l'Espagne.

Varnepert

Porte : de gueulles fretté d'argent de six pièces.

Veldents ou Feldentz

Porte : d'argent au lyon d'azur armé, lampassé et couronné de gueulles.
Maison d'Allemagne.

Vergney (l'ancien)

Porte : gyronné d'argent et de gueulles de seize pièces, à la bordure de gueulles chargée de seize besans d'argent, à l'escusson de mesme en cœur.

Vernembourg ou Fernembourg

Porte : d'or à sept lozanges de gueulles mises en face, quatre, trois.
Maison d'Allemagne.

Verrey

Porte : d'argent à trois pals de gueulles, l'argent chargé de vair.

Les Vieux

Porte : d'or à trois pals de gueulles.

Villy

Porte : de gueulles à deux bourdons d'argent pommettés et emmanchés d'or, passés en sautoir, écartelé de gueulles à la croix engrelée d'argent.

Waldeck

Porte : d'or à l'estoile de six rays de sable.
Maison d'Allemagne.

Roolle des déclarés gentilshommes

PAR LES DUCS

sans preuves ou formalités.

— Claude Briseur, le 18 janvier 1690, cinquiesme noble. Manquement d'advis de l'Assize.

— Charles et François les Pois, 27 janvier 1600, filz de l'apothicaire du duc.

— Esprit de Biolet, exempt des gardes, 3 juin 1601.

-- Hanus Berman, seigneur d'Uzemain, 8 mai 1602. Il estoit marchand à Saint-Nicolas. Maison venue d'Allelemagne. Ce mot Berman signifiant l'ours-homme ou l'homme à l'ours. L'an 1629, Jean Berman obtint des lettres de déclaration sur les preuves qu'il fit par devant le mareschal de Lorraine, mais le duc ne voulut signer à cause d'une mésalliance et néantmoins le héraut a enregistré lesdittes lettres sur une copie qui luy en a esté donnée par ledit Berman, les présupposant signées.

— Michel Bouvet, président des comptes de Lorraine, le 1er mars 1610. Il a justifié que Bouveti était une grande maison du Milanez, mais non qu'il en est sorty, estant le premier noble de sa race.

— Nicolas de Gleysenoye, sieur de Marainville, le 26 avril 1610, premier noble de sa race.

— Didier Bertrand, sieur de Marimont, le 2 janvier 1612.

— Les enfants de François Alix, sieur de Veroncourt, 3 mai 1613.

— Jean Poirot, résident pour le duc à Rome, 5 novembre 1614, premier noble de sa race.

— Jean-François de MILE, mareschal des logis des gardes du corps du duc, 7 juillet 1620, quatriesme noble. Manque d'advis de l'Assize.

— Nicolas MAGNIEN, gouverneur de la saline de Château-salin, 9 aoust 1620.

— Jean CONREUX dit de MALVOISIN, le fils d'un corroyeur de Vézelize. Sans preuves.

— Didier VIRION, secrétaire des commandements, 16 novembre 1622, premier noble de sa race.

— Claude GÉNIN, secrétaire d'Estat et garde du trésor des titres, c'est à dire trésorier des Chartes et Nicolas Genin, fils de Claude Genin marchand de Nancy, 20 avril 1622. Ils obtinrent permission du duc de s'appeler Janin.

— Les sieurs du MONT, 25 avril 1622. Ils se disent de la maison des Fours. Manquent d'advis de l'Assize.

— Jean BENOIST, conseiller d'Estat et Nicolas BENOIST, son frère, 12 décembre 1623.

— Adam du BOURG, gouverneur de la saline de Rozières, 5 juillet 1624, quatrième noble rejetté à l'Assize pour une mésalliance.

— Samuel des JOBARTZ, 6 juillet 1624. Sans advis d'Assize.

— Martin de CHAUX, 14 décembre 1624. Sans advis d'Assize.

— Nicolas ROLLET, 28 décembre 1624. Sans advis d'Assize, mais preuves très bonnes.

— Claude et Nicolas FOURNIER, secrétaires des commandements du duc, fils du premier médecin du duc, 3 mai 1626. Sans preuve et sans Assize. Leurs filz sont quatriesmes nobles sans mésalliance.

— François RIGUET, le dernier juillet 1626, capitaine des gardes de la duchesse mère, originaire de Lucques, à ce qu'il prétendoit. Sans advis de l'Assize.

— Henry CACHET, demeurant à Pulligny, 6 mars 1627. Sans advis de l'Assize.

— Claude de RUETZ, 5 mars 1632. Sans preuve.

— Balthazar RENNEL, président des comptes de Lorraine, 18 may 1632. Sans preuve. Ses petits-filz sont aujourd'huy quatriesmes nobles sans mésalliance.

— Jean BARDIN, lieutenant général de Nancy, 12 août 1633, quatriesme noble sans mésalliance, yssu de Ranfain et conséquemment de Nogent, par les femmes. Son père lieutenant général. Son ayeul, auditeur des Comptes, frère de deux maîtres des requestes. Son bisayeul capitaine de Condé. Mais point d'advis d'Assize.

— Charles des MARETZ, 9 novembre 1633. Sans preuves.

— Gérard ROUSSELOT, intendant de la maison du duc François II, fils du prévost de Vivier anobly. Ses petits-fils sont aujourd'huy quatriesmes nobles sans mésalliance. Point de preuves.

— Jean PISTOR Le BÈGUE, secrétaire des commandements du duc, le.... sans preuves. Premier noble de sa race.

TABLE ONOMASTIQUE

ERRATUM

P. 22, 10ᵉ l., 6ᵉ m., lire : *escusson* au lieu de *Ecusson*.

P. 39, 23ᵉ l., 8ᵉ m., lire : *comte* au lieu de *conte*.

P. 45, 16ᵉ l., 9ᵉ m., lire : *Espinal* au lieu d'*Epinal*.

Même page, l. 24, 4ᵉ m. et *passim*, lire : *fille et héritière* au lieu de *filles et héritières*.

P. 50, 29ᵉ l., 3ᵉ m. et *passim*, lire : *qu'un fils marié* au lieu de *qu'une fille mariée*.

P. 52, 20ᵉ l., 4ᵉ m., lire : *Hombourg* au lieu de *Hambourg*.

P. 53, 14ᵉ l., 7ᵉ m., lire : *Cuminiers* au lieu de *Cuminières*.

Même page, 25ᵉ l., 2ᵉ m., lire : *Dompmartin* au lieu de *Donpmartin*.

P. 54, 15ᵉ l., 9ᵉ m., lire : *baron de Lambertye* au lieu de *baron Lambertye*.

P. 55, 15ᵉ l., 9ᵉ m., lire : *Mirecourt* au lieu de *Mircourt*.

P. 57, 20ᵉ l., 5ᵉ m., lire : *armorié* au lieu de *amoiries*.

P. 64, 25ᵉ l., 3ᵉ m., lire : *Crouy* au lieu de *Croy*.

P. 79, mettre *Honelstain* avant *Honstein*.

P. 93, 38ᵉ l., lire : *Espinal* au lieu d'*Epinal*.

P. 94, 9ᵉ l., lire : *contrée* au lieu de *Contrée*.

P. 95, 25ᵉ l., lire : *Et Renault Go* au lieu de *Renaut. Et Go*.

P. 100, 7ᵉ l., lire : *Moré* au lieu de *More*.

P. 119, 1ʳᵉ l., lire : *Rodemach* au lieu de *Rodenach*.

P. 137, 2ᵉ l., lire : *parfaittement* au lieu de *parfaitement*.

P. 138, 24ᵉ l., lire : *Wertheim* au lieu de *Vertheim*.

P. 139, 20ᵉ l., lire : *Gondrecourt le chasteau*, au lieu de *Gondocourt, le chasteau*.

P. 141, dern. l., lire : *Deully* au lieu de *Doully*.

P. 143, 12ᵉ l., lire : *Amboise* au lieu de *Ambotse*.

Même page, 17ᵉ l., lire : *Saint Hubert en Ardennes*. au lieu de *Saint-Hubert. En Ardennes*.

P. 150, 21ᵉ l., lire : *Gleysenove* au lieu de *Gleysenoye*.

Nancy. — Imprimerie A. Crépin-Leblond, 21, rue Saint-Dizier.